고티에의 상트페테르부르크

KB150753

작가가 사랑한 도시 11

고티에의 상트페테르부르크

초판 1쇄 인쇄 _ 2012년 7월 10일
초판 1쇄 발행 _ 2012년 7월 20일

지은이 _ 테오필 고티에 | 옮긴이 _ 심재중

펴낸이 _ 유재건
편집 _ 박태하 | 마케팅팀 _ 정승연, 한진용 | 영업관리팀 _ 노수준, 이상원
펴낸곳 _ (주)그린비출판사 | 등록번호 _ 제313-1990-32호
주소 _ 서울시 마포구 동교동 201-18 달리빌딩 2층
전화 _ 702-2717 | 팩스 _ 703-0272

ISBN 978-89-7682-152-2 04800 978-89-7682-109-6(세트)
이 도서의 국립중앙도서관 출판시도서목록(CIP)은 e-CIP홈페이지(http://www.nl.go.kr/ecip)
와 국가자료공동목록시스템(http://www.nl.go.kr/kolisnet)에서 이용하실 수 있습니다. (CIP제
어번호:CIP2012003071)
책값은 뒤표지에 있습니다. 잘못 만들어진 책은 서점에서 바꿔 드립니다.

그린비출판사 나를 바꾸는 책, 세상을 바꾸는 책
홈페이지 _ www.greenbee.co.kr | 전자우편 _ editor@greenbee.co.kr

고티에의 상트페테르부르크

테오필 고티에 지음, 심재중 옮김

저녁이 여명처럼 흰색인 그곳,
은빛 지평선 위로 보이는 그 금빛의 도시보다 찬란한 것은
아무것도 없었다.
―고티에, 상트페테르부르크 입항 전 선상에서

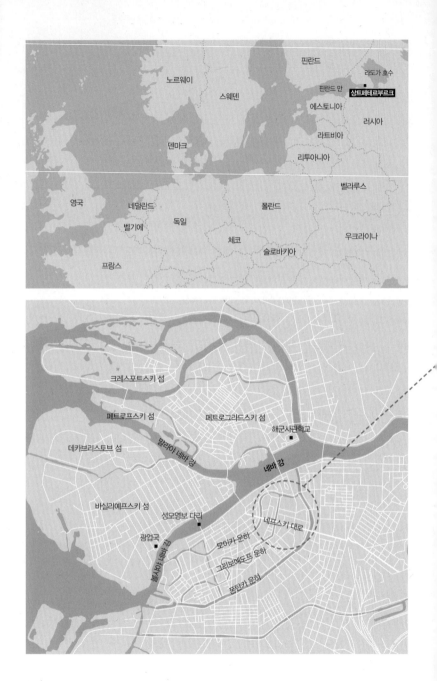

[네프스키 대로 확대도]

Ⓐ 세나츠카야 광장 　　　 Ⓕ 그린 브리지 　　　 Ⓚ 제국 도서관

Ⓑ 해군성 　　　 Ⓖ 카잔 성당 　　　 Ⓛ 아니치코프 궁전

Ⓒ 성 이사악 대성당 　　　 Ⓗ 카잔스키 다리 　　　 Ⓜ 아니치코프 다리

Ⓓ 겨울궁전 　　　 Ⓘ 두마 탑

Ⓔ 알렉산드르 1세 기념탑 　　　 Ⓙ 고스티니 드보르

차 례

일러두기

1 이 책은 Théophile Gautier의 *Voyage en Russie*를 발췌·번역한 것이다.
2 본문 이해를 돕기 위한 옮긴이 주 가운데 인명과 지명 등의 간략한 정보는 본문에 작은
  글씨로 덧붙였으며, 좀더 상세한 설명이 필요한 내용은 각주로 처리하였다.
3 외국 인명이나 지명, 작품명은 2002년 국립국어원에서 펴낸 외래어표기법을 따라 표
  기했다.

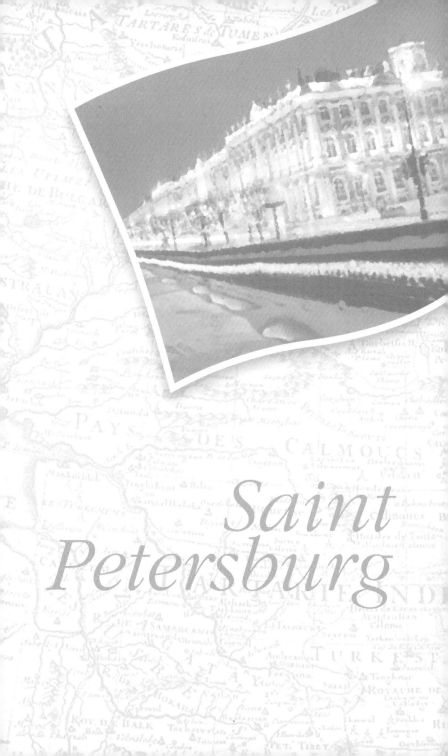

Saint
Petersburg

상트페테르부르크

네바 강은 런던 교 근처의 템스 강 정도 되는 강폭을 지닌 아름다운 강이다. 길이도 길지 않아서, 인근의 라도가 호수에서 발원하여 핀란드 만으로 흘러든다. 우리는 마차를 타고 길지 않은 시간 동안, 소형 증기선들, 범선들, 스쿠너선들, 쪽배들이 근처에 나란히 정박해 있는 화강암 강둑을 따라갔다.

강의 다른 쪽, 다시 말해서 강줄기를 거슬러 올라가는 방향의 오른쪽에는 진수대를 뒤덮은 기대한 창고 지붕들이 솟아 있었고, 왼쪽에는 화려한 외관의 대형 건물들이 웅장한 자태를 뽐내고 있었다. 광업국과 해군사관학교라고 했다.

하선 시에 증기선의 갑판 위에 어지럽게 널려 있는 수하물들, 트렁크들, 가방들, 온갖 종류의 꾸러미들을 옮겨 싣는 일, 그 더미 속에서 자신의 짐을 찾아내는 것은 결코 간단한 일이 아니다. 한 떼의 농부muzhik들이 그 모든 짐들을 들어올려 강둑 위의 입국사무소로 날랐고, 짐의 주인들은 각자 불안하게 자기 짐의 뒤를 따라갔다.

농부들은 대부분 재킷처럼 허리 아래까지 내려오는 붉은색 셔츠 차림이었고, 펑퍼짐한 짧은 바지에 종아리까지 오는 장화를 신고 있었다. 어떤 농부들은 날씨가 유난히 따뜻한데도 불구하고, 벌써 반코트 형태의 양가죽 외투를 걸치고 있었다. 양가죽 외투는 속에 양모를 넣는데, 새것일 경우에는 가죽이 연한 연어 빛을 띠어서 꽤 보기가 좋다. 박음질 자국으로 장식 효과를 낸다. 어쨌든 전체적으로 특색이 없지 않다. 그러나 러시아 농부들은 아랍인들이 뷔르누두건 달린 망토형 외투를 좋아하는 것만큼이나 양가죽 외투를 좋아해서, 한번 걸치면 벗을 줄을 모른다. 그들에게는 텐트이자 잠자리이기도 하다. 밤이나 낮이나, 구석자리나 벤치 위, 난로 옆에서 잠을 잘 때도 벗지 않는다. 그러다 보니 이내 기름때가 끼어서 번들번들 윤이 나게 되고, 스페인 화가들의 피카레스크풍 그림에서 볼 수 있는 역청 빛을 띠게 된다. 그렇지만 후세페 데 리베라나 바르톨로메 에스테반 무리요의 모델들과는 달리, 더러운 누더기를 걸치긴 했어도 러시아 농부들의 몸은 청결하다. 일주일에 한 번 한증탕에 가기 때문이다. 사방으로 돔과 금빛 첨탑들이 눈에 들어오는 그 멋진 부두와 대비를 이루면서, 긴 머리에 덥수룩한 수염을 기르고 가죽옷을 걸친 그 농부들의 모습은 이방인의 상상력을 자극한다. 그렇지만 그들이 거칠거나 사납다고는 상상하지 마시라. 그 농부들의 생김새는 온순하고 지적이며, 공손한 태도는 우리나라 하역 인부들의 상스러움과는 비교가 되지 않는다.

우리의 짐 검사는 별 탈 없이 끝이 났다. 속옷 위에 얹어 두었던 발자크의 『가난한 부모』와 샤를 드 베르나르의 『이카루스의 날개』가 쉽사리 눈에 띄어 압수당했지만, 검열사무소에 가서 이야기하면 아마 돌려줄 거라고 했다.

절차가 다 끝이 나자 사람들은 자유롭게 시내로 흩어졌다. 틀림없이 손님들이 있을 것이라는 기대에 다수의 드로즈키^{drojky,} _{사륜마차}와 수하물 운반용 수레들이 검사소 앞에서 대기하고 있었다. 우리는 우리가 내려야 할 곳의 이름을 프랑스어로는 알고 있었지만 마부에게 러시아어로 번역해 주는 것이 문제였다. 영업용 마차의 마부들이 구사하는 말은 이제 더 이상 어떤 사투리도 아니어서 일종의 사비르어, 즉 『평민귀족』_{몰리에르의 희곡}에 나오는 의식_{儀式}에서 가짜 터키인들이 쓰는 요상한 말과 아주 비슷했는데, 그 중 한 사람이 난처해하는 우리를 보았다. 우리가 루시 호텔의 클레 씨에게 가려 한다는 것을 얼추 이해한 그 사람이 우리의 짐을 로스푸스키^{rospousky}에 싣더니, 옆자리에 올라타고 마차를 출발시켰다. 로스푸스키는 아주 원시적인 형태의 나지막한 수레이다. 네 개의 작은 바퀴 위에 대충 다듬은 통나무 두 개를 얹은 꼴이라고 해도 결코 지나치지 않다!

바다의 장엄한 고독에서 벗어나자마자 이내 대도시의 소란과 북적거림 때문에 거의 현기증이 날 정도였다. 꿈속에서 미지의 사물들 사이를 지나가는 듯한 느낌이어서, 모든 것을 보려고하지만 아무것도 눈에 들어오지 않는다. 로스푸스키처럼 현가

장치가 시원치 않은 탈것을 타고 울퉁불퉁한 포석 위에서 전후 좌우로 흔들리다 보면 아직도 파도 위에서 흔들리고 있는 듯한 느낌이 들고, 평지에서 바다 멀미를 경험하게 된다. 그러나 심한 요동에도 불구하고 우리는 그 무엇도 시선에서 놓치지 않았고, 눈앞에 펼쳐지는 새로운 광경들을 탐욕스럽게 바라보았다.

이내 다리 하나에 이르렀는데, 우리는 나중에야 그 다리가 성모영보聖母領報 다리라는 것을 알았다. 보통은 니콜라스 다리라고 불렀다. 다리에 이르려면 이동식 도로 두 개를 지나야 하는데, 배가 지나갈 때면 들어 올려졌다가 다시 합쳐지기 때문에 강 위의 다리 모양은 알파벳 Y자처럼 보인다. 그 두 도로가 만나는 지점에 아주 화려한 작은 예배당 하나가 있는데, 스쳐 지나가면서도 으리으리한 모자이크와 금빛 장식들이 눈에 들어왔다.

교각은 화강암이고 아치는 철제인 그 다리 끝에서 마차는 방향을 틀어 앙글리스카야'English'에 해당하는 러시아어 강변로를 거슬러 올라갔다. 강변로의 가장자리에는 박공과 원주기둥들이 있는 대저택들, 그 못지않게 화려한 사저私邸들이 늘어서 있었다. 밝은색을 칠한 사저들의 발코니와 차양들이 보도 위로 삐죽 튀어나와 있었다. 런던이나 베를린과 마찬가지로 상트페테르부르크의 집들은 대부분 다양한 색감의 벽토를 바른 벽돌집들이다. 그래서 건물의 윤곽선이 선명하게 드러나고 아름다운 장식 효과가 난다. 집들을 따라가면서 우리는 나지막한 창문들 너머로 온실처럼 따뜻한 아파트 안에서 무성하게 자란 바나나 나무나 열대 식물들을 감상했다.

앙글리스카야 강변로는 큰 광장세나츠카야 광장의 모퉁이로 이어지는데, 그 광장에는 팔코네프랑스의 조각가가 만든 동상 「표트르 대제」가 뒷발로 선 말을 타고 서 있다. 받침돌 역할을 하는 바위 꼭대기에서 표트르 대제는 팔을 뻗어 네바 강을 가리키고 있다. 그림이나 디드로의 글을 통해 이미 알고 있었기 때문에 우리는 그 동상을 금세 알아볼 수 있었다. 광장의 저쪽에 성 이사악 대성당의 거대한 실루엣이 보였다. 금빛 돔과 원주 기둥 삼중관, 네 개의 작은 종탑, 박공과 팔주문의 대략적인 윤곽이 보였다. 앙글리스카야 강변로에서 돌아오는 길의 초입에는, 반암 기둥들로 받쳐진 날개 달린 청동제 승리의 여신들이 월계수를 들고 서 있었다. 마차의 빠른 속도와 낯선 풍경이 주는 놀라움 때문에 어수선한 상태에서 엿본 그 모든 것들이 서로 어우러져서, 멋지고 웅장한 하나의 전체를 이루었다.

같은 방향으로 계속 가자 육중한 해군성 건물이 모습을 드러냈다. 꼭대기가 작은 원주들로 장식된 사원 형태의 사각 탑에서 배 모양의 풍향계가 달린 금빛 첨탑이 솟아 있었다. 아주 멀리서도 보이는 그 첨탑은 핀란드 만을 배경으로 우리의 시선을 사로잡았다. 건물 주위로 펼쳐진 가로수 길에는 가을이 깊었는데도 (10월 10일) 아직 잎들이 무성했다.

좀더 밀리, 마지막 광장의 한복판에는 정농 받침대 위에 알렉산드르 1세 기념탑이 높이 솟구쳐 있었다. 붉은색 화강암 돌덩어리 하나로 만들어진 그 탑의 꼭대기에는 십자가를 든 천사상이 보였다. 마차가 방향을 틀어 네프스키 대로로 접어드는 바람에 탑을 자세히 볼 수는 없었다. 네프스키 대로는 상트페테르부르크의 핵심 간선도로이자 가장 붐비고 가장 활기찬 곳이다. 파리로 치면 리볼리 가이고, 런던의 리젠트 가, 마드리드의 알칼라 가, 나폴리의 톨레도 가에 해당하는 거리이다.

특히 우리를 놀라게 한 것은 그 넓은 도로 위를 달리는 마차들의 수 — 하기야 파리 사람에게는 전혀 놀랄 일이 아니지만 — 와 말들의 엄청난 속도였다. 알다시피 드로즈키는 나지막하고 작고 아주 가벼운 무개차의 일종이어서 두 사람밖에는 타지 못한다. 그런데 노련하고 대담한 마부들의 손길 밑에서, 드로즈키들은 바람처럼 달린다. 우리가 탄 로스푸스키 옆을 날쌘 제비처럼 스쳐 지나가고, 부딪치는 법 없이 서로 교차하고 가로지르며 목재 포도에서 화강암 포도로 옮겨 간다. 얼핏 봐서는 절대 풀릴 수 없는 혼잡 상태가 마술처럼 풀리고, 제각기 전속력으로 달리면서 손수레 하나 지나갈 수 없을 것 같은 곳에도 쉽사리 바퀴를 들이민다.

네프스키 대로는 상트페테르부르크의 상업로이자 가장 아름다운 거리 중의 하나이다. 그래서 가겟세가 파리의 이탈리엥 가

街만큼 비싸다. 아주 독특한 모습으로 가게들, 저택들, 교회들이 뒤섞여 있다. 간판들 위에는 그리스어 철자들도 더러 남아 있는 러시아어 알파벳의 아름다운 철자들이 화려하게 박혀 있는데, 철자 형태가 간결해서 간판에 새겨 넣기에 좋다.

로스푸스키가 어찌나 빨리 달리는지 그 모든 것들이 마치 꿈결처럼 우리 눈앞을 지나갔고, 제정신을 차려 보니 어느새 루시 호텔의 현관 층계참에 도착해 있었다. 호텔 지배인은 귀한 분들을 형편없는 마차에 태웠다고 마부를 엄하게 꾸짖었다.

네프스키 대로 근처의 미하일 광장 모퉁이에 있는 루시 호텔은 파리의 루브르 호텔 못지않게 큰 호텔이다. 회랑은 웬만한 길만큼이나 길어서 걷는 데 피로를 느낄 정도이다. 아래층에는 식사를 할 수 있는 넓은 살롱들이 위치해 있는데, 온실 재배 식물들로 장식되어 있다. 첫번째 방에서는 일종의 카운터 위에 차려진 캐비어, 정어리, 흰빵과 흑빵 샌드위치, 여러 종류의 치즈들, 병에 담긴 식전주와 위스키와 퀴멜주가 러시아식으로 손님들의 식욕을 돋운다. 이곳에서는 오르되브르를 본격적인 식사가 시작되기도 전에 먹는데, 여행에 이골이 난 우리들에게는 이상한 관습으로 느껴지지 않았다. 고장마다 제각각의 관습이 있는 법이니까. 스웨덴에서는 수프를 후식으로 먹지 않는가.

그 방의 입구에는 칸막이가 둘러쳐진 외투걸이가 있어서 각자 그 옷걸이에 저고리, 목도리, 망토를 걸어 놓은 다음, 구두를 벗었다. 그렇지만 날씨는 그다지 춥지 않아서 바깥 기온이 영상 7~8도 정도였다. 온화한 날씨에도 그렇게 세심한 배려를 해주는 것에 우리는 놀랐다. 어느새 건물 지붕에 하얗게 눈이 덮인 건 아닐까 하고 밖을 내다보았지만, 석양의 불그레한 박명만이 지붕들을 물들이고 있었다.

그렇지만 도처에 이중창이 설치되어 있었다. 거대한 장작 폐기 작업장으로 변한 정원은 어수선했고, 사람들은 서둘러 월동 채비를 했다. 우리 방 역시 이중창으로 밀봉되어 있었다. 두 개의 창틀 사이에 모래를 뿌린 다음, 그 모래에 소금을 채운 작은 봉지들을 박아 놓았다. 습기를 흡수해서 수은이 갈라 터지는 것을 예방하려는 목적이었는데, 그렇게 하지 않으면 서리에 유리창이 손상되기 때문이었다. 우편함 입구처럼 생긴 구리 열 배출 구들이 뜨겁고 세찬 바람을 내뿜을 채비를 하고 있었지만, 겨울은 늦어지고 있었다. 그리고 이중창 덕분에 실내에는 적당한 온기가 유지되었다. 속을 채운 가죽이 씌워진 대형 소파 말고는 가구에는 특별한 것이 없었다. 러시아에서 흔히 볼 수 있는 그 소파는 위에 놓인 쿠션들과 함께 사용하면 침대보다 훨씬 편하다. 게다가 대부분의 침대는 질이 아주 나쁘다.

저녁식사 뒤에 우리는 항상 하던 대로 길 안내인 없이 외출했다. 우리의 방향감각만으로도 숙소에 돌아올 수 있으리라 믿었던 것이다. 모퉁이의 시계판과 다른 모퉁이에 있는 망루가 표지

역할을 해줄 것 같았다.

오래 꿈꾸어 오던 미지의 도시에서 처음으로 외출하여 이리 저리 거리를 거니는 것은 여행자가 맛볼 수 있는 가장 생생한 즐거움들 중의 하나이고, 여행자에게 여정의 피로에 대한 대가를 갑절로 치러 주는 일이다. 밤의 신비와 환상적인 부풀림, 불빛이 뒤섞인 어둠 덕분에, 그런 즐거움이 밤에 훨씬 더 커진다고 말하면, 지나치게 멋 부린 표현이 될까? 눈이 미처 보지 못한 것을 상상력이 채워 넣는다. 현실의 윤곽선은 아직 그다지 명확하게 그려지지 않고, 화가가 나중에 마무리하기로 마음먹은 그림처럼 풍경의 초벌 그림이 대략적인 윤곽을 드러낸다.

그렇게 해서 우리는 보도 위를 잰 걸음으로 걸으며 네프스키 대로를 따라 해군성 쪽으로 내려갔다. 우리는 행인들을 쳐다보기도 하고, 환하게 조명된 가게들을 구경하기도 하고, 베를린의 지하실들이나 함부르크의 터널들을 떠올리게 하는 지하층들을 들여다보기도 했다. 한 발짝 걸을 때마다 우리는 우아한 진열창 뒤에 예술적으로 진열되어 있는 과일들과 맞닥뜨렸다. 파인애플, 포르투갈산産 포도, 레몬, 석류, 배, 사과, 복숭아, 수박……. 러시아의 과일 맛은 독일의 사탕 맛처럼 한결같다. 값이 아주 비싸고, 그래서 사람들이 더 많이 찾는다. 보도 위에서는 농민들이 설익어서 신맛이 날 것 같은 사과들을 행인들에게 내미는데, 사는 사람들이 있다. 어딜 가나 그런 농민들이 보였다.

그렇게 처음으로 도시와 낮을 익힌 다음, 우리는 호텔로 돌아왔다. 아이들은 잠들기 위해 흔들어 줄 필요가 있지만, 어른들은 움직임 없는 잠을 더 좋아한다. 게다가 바다가 사흘 밤 동안 우리를 증기 요람 속에 넣고 흔들어 댄 뒤였기 때문에, 우리에게는 당연히 좀더 안정된 잠자리가 필요했다. 그러나 꿈속에서는 여전히 파도의 요동이 느껴졌다. 그 이상한 효과는 여러 차례 반복적으로 나타났다. 파뉘르주프랑수아 라블레의 소설 『팡타그뤼엘』에 나오는 인물가 아주 높이 평가했던 이 신성한 물도 바다의 흔들림에서 비롯되는 불안에는 생각만큼 효과 빠른 치료제가 되지 못했다.

다음 날, 우리는 그전 날 황혼과 밤의 어스름 속에서 눈짐작으로 보았던 광경을 환한 빛 아래 다시 보기 위해 일찍 호텔을 나섰다. 어떤 의미에서는 네프스키 대로가 상트페테르부르크를 압축하고 있기 때문에, 조금은 길고 자세하게 그 대로를 묘사할 참이다. 그 묘사를 통해 여러분들은 금방 이 도시와 친숙해질 수 있을 것이다. 몇몇 관찰들은 언뜻 지나치게 세세하고 유치해 보일지도 모르겠다. 그러나 한 장소를 다른 장소와 차이 나게 해주는 것은 대개 아주 보잘것없거나 너무 쉽게 눈에 띄는 것으로 치부되곤 하는 사소한 것들이다. 그런 것들을 통해서 우리는 이곳이 비비엔 가街나 피커딜리가 아니라는 사실을 깨닫게 된다.

네프스키 대로는 해군성 광장에서 시작되어 아득히 뻗어 가다가 알렉산드르네프스키 수도원에 이르기 직전에 약간 휘어져 있다. 상트페테르부르크의 다른 모든 길들과 마찬가지로 차도가 아주 넓다. 도로 한가운데는 그다지 고르지 않은 으깬 자갈로 포장되어 있는데, 경사진 두 면이 만나서 배수구 바닥을 형성한다. 도로의 양 쪽에는 작은 화강암 조각들로 된 차로와 목재 포석을 깐 길이 나란히 나 있다. 보도는 큼직큼직한 포석들로 덮여 있다.

해군성의 첨탑은 그리스식 사원의 지붕에 세워진 금빛 돛대 모양의 풍향계를 닮았는데, 네프스키 대로 끝에서 아주 훌륭한 조망점 역할을 해준다. 조금만 햇빛이 비쳐도 첨탑은 미세하게 빛을 발하고, 아주 멀리서도 보는 이의 눈을 즐겁게 해준다. 이웃한 다른 두 길에서도 그 금빛 첨탑은 유려하게 조화를 이룬 윤곽선과 함께 시야에 들어온다. 그러나 이제 해군성에서 등을 돌려, 대로 전체에서 가장 붐비고 활기찬 구역인 아니치코프 다리까지 거슬러 올라갈 차례다. 대로변의 집들은 크고 높아서, 대저택이나 호텔들처럼 보인다. 그 중 가장 오래된 집들은 이탈리아풍이 약간 가미된 옛 프랑스 양식을 떠올리게 하는데, 프랑수아 망사르^{17세기 프랑스 건축가}와 조반니 로렌초 베르니니^{17세기 이탈리아 건축가}를 아주 웅장하게 혼합해 놓은 듯하다. 코린트 양식의 장식 기둥들, 코니스^{서양식 건축물의 처마 끝 돌림띠 장식}, 박공 장식을 한 창들, 콘솔, 소용돌이 장식을 한 타원형 창들, 기괴한 안면상으로 장식된 문들, 흔히 붉은색 벽토와 대조를 이루는 1층의 돌기와 균열 장식……. 또 다른 집들은 인조석 장식, 치커리 장식, 냅킨 장식, 불 항아리 장식 같은 루이 15세풍의 기발한 상상력을 보여 주기도 하고, 저 멀리 늘어선 원주 기둥들과 노란색 바탕에 흰색을 부각시킨 삼각형 박공 장식들은 제국의 그리스 취향을 보여 주기도 한다. 아주 현대적인 집들은 영국이나 독일풍인데, 석판화에서 여행객들을 유혹하곤 하는 온천 도시의 웅장한 호텔들을 모델로 삼은 듯하다. 이 모든 것들의 전체적인 어우러짐에서 너무 가까이 세부들을 뜯어볼 필요는 없을 것이다. 왜냐하면 석재의 사용법만 보아도 거기 남아 있는 장인의 직접적인 손길을 통해 장식 시공의 값어치를 알 수 있기 때문이다. 요컨대 그 전체적인 조화가 아주 멋진 하나의 조망을 제공하기 때문에, 상트페테르부르크의 다른 많은 길들과 마찬가지로, 네프스키 대로에 붙여진 '대로'라는 명칭은 우리에게 더할 수 없이 정확하고 의미심장한 명칭으로 다가온다.* 모든 것이 결합되어 하나의 조망을 이룬다. 아무런 방해도 받지 않는 어떤 하나의 의지에 의해 단숨에 창조된 도시 하나가, 완성된 모습으로 늪에서 빠져나와 늪을 뒤덮는 것이다. 마치 무대장치 담당자의 신호에 따라 연극 무대가 단숨에 만들어지듯이.

---

* '대로'에 해당하는 러시아어 'проспект'는 영어의 'prospect'에 해당하며, 그 원래 의미는 '조망, 전망'이다.

네프스키 대로가 아름답긴 하지만, 제 아름다움을 이용하고 있다는 점도 언급하지 않을 수 없다. 우아하면서도 잇속이 밝은 네프스키 대로에는 대저택과 상점들이 번갈아 위치해 있다. 베른 말고는 그토록 호화로운 간판들을 볼 수 있는 곳은 없다. 자코모 비뇰라16세기 이탈리아의 건축가가 제시한 다섯 가지 건축 양식에 더하여, 간판을 현대적인 건축 양식의 하나로 인정해야 할 정도이다. 금박 활자들은 창공 위, 붉은색이나 검은색 광고판 위에서 굵고 가는 선으로 이어지기도 하고, 움푹 팬 압인 형태로 도드라져 보이기도 하고, 진열창의 유리에 쓰여 있기도 하다. 모든 문마다, 길모퉁이에서도 볼 수 있다. 홍예 주위에도 둥그렇게 박혀 있고, 코니스에도 길게 나열되어 있다. 포디에즈드podiezd(차양)의 돌출부, 지하실로 내려가는 계단에서도, 금박 활자들은 행인의 눈에 띄기 위해 갖은 수단을 동원한다. 그러나 러시아어를 모르는 사람들에게는 그 철자들의 형태가 장식이나 자수 그림 이상의 의미는 가질 수 없지 않겠는가? 그래서 그 옆에 프랑스어나 독일어 번역이 나란히 새겨져 있다. 그래도 이해하지 못한다면? 예의 바른 간판은 그 세 언어를 모르는 사람도 용서해 줄 뿐 아니라 완전히 문맹인 경우까지도 고려하여, 그 상점에서 팔고 있는 물건들의 사실적인 그림도 보여 준다. 포도주 상점에는 금빛 포도송이 그림이나 조각이 새겨져 있고, 식료품 상점에는 냉동 햄, 소시지, 소의 혀, 캐비어 통조림이 그려져 있다. 소박한 형태의 장화, 가죽신, 나무창을 댄 구두 그림들은 글을 읽지 못하는 행인들에게 이렇게 말한다. "들어오세요, 그러면 신발을 사 신을 수 있어요." 긴팔 장갑들도 모든 사람이 이해할 수 있는 방언으로 말을 한다. 챙 없는 모자 따위를 얹어 놓은 부인용 케이프와 드레스도 있는데, 불필요하다고 생각했는지 화공이 인물의 얼굴은 생략해 버렸다. 피아노 그림은 건반을 눌러 보고 싶은 생각이 들게 한다. 이 모든 것이 산보객의 즐거움이자 한가한 산보객의 기질과 부합한다.

네프스키 대로에 들어섰을 때 첫번째로 파리지엔의 주의를 끄는 것은 파리의 이탈리엥 가에서 러시아어 간판을 본 적이 있을지도 모르는 다지아로Daziaro라는 판화상의 이름이다. 그리고 오른쪽으로 거슬러 올라가다가 베그로브Beggrov 상점에서 발걸음이 멎을 것이다. 상트페테르부르크의 데포르주Desforges 상점이라고도 할 수 있는데, 진열창에 항상 수채화나 전시용 그림을 내놓고 물감을 파는 상점이다.

열두 개의 작은 섬들 위에 세워진 도시를 수많은 운하들이 가로지르고 있어서 상트페테르부르크는 마치 북유럽의 베네치아 같다. 그 중 세 개의 운하가 네프스키 대로 밑을 가로질러 간다. 모이카 운하, 예카테리나 운하현재는 그리보예도프 운하, 그리고 조금 더 가면 리고브카 폰탄카 운하가 있다. 모이카 운하를 지나는 다리가 폴리스 교현재는 주로 '그린 브릿지'라고 일컬어진다인데, 아치처럼 휘어진 다리의 곡선이 곡선이 드로즈키들의 빠른 속도를 잠시 늦추어 준다. 다른 두 개의 운하를 가로지르는 다리는 카잔스키 교와 아니치코프 교이다. 결빙기가 되기 전에 그 다리들을 건너 노라면, 화강암 강둑 사이를 흐르는 폭 좁은 운하가 집들 사이로 만들어 내는 협로로 배들이 지나가는 고즈넉한 풍경이 우리의 시선을 끈다.

『현자 나탄』의 저자인 고트홀트 레싱이 네프스키 대로를 보았다면 아주 좋아했을 것이다. 그의 종교적 관용 사상이 그곳에서 가장 자유롭게 실천되고 있기 때문이다. 그 넓은 거리에서는 온갖 종파가 자신들의 교회나 사원을 지어 놓고 자유롭게 신앙 활동을 한다.

우리가 걸어가는 방향의 왼편에는 네덜란드 교회, 루터파의 성 베드로 사원, 상트 카테리나 가톨릭 성당, 아르메니아 정교 교회가 있고, 대로에 인접한 다른 길에도 핀족의 예배당과 여러 개신교파 사원들이 자리해 있다. 오른편에는 카잔 성당과 또 다른 그리스 정교 교회, 그리고 스타로베르치 또는 라스콜니키라고 불리는 오래된 종파의 예배당이 있다.

로마 성 베드로 대성당의 열주를 모방한 반원형 주랑 현관을 드넓은 광장 위에 우아한 곡선으로 드러내고 있는 카잔 성당은 예외지만, 그 모든 신의 거처들은 인간의 집들과 친근하게 서로 뒤섞여 있다. 특별한 건축 양식 때문에 이내 눈에 띄는 그 사원들의 전면은 아주 조금만 대로에서 물러나 있어서, 행인들의 경건한 마음에 숨김없이 스스로를 내맡긴다. 모든 교회는 차르가 특별 할양한 넓은 땅으로 둘러싸여 있는데, 교회가 임대한 화려한 건축물들이 그 땅을 차지하고 있다.

계속 걷다 보면, 두마 탑에 이르게 된다. 두마 탑은 콘스탄티노플의 세라스키에 탑바에지드 탑이라고도 불린다과 마찬가지로 일종의 화재 감시용 망루이다. 꼭대기에 신호 장치가 있는데, 붉은색과 검은색 신호구가 화재가 발생한 거리를 가리킨다.

같은 방향으로 조금 더 가면, 파리의 팔레루아얄을 떠올리게 하는 장방형의 대형 건축물 고스티니 드보르가 나타난다. 3층짜리 상가 건물로, 화려한 진열창의 다양한 상점들이 들어서 있다. 그다음에는 제국 도서관 건물의 둥근 전면과 이오니아식 열주가 모습을 드러내고, 이웃한 다리와 같은 이름을 가진 아니치코프 궁이 그 뒤를 잇는다. 아니치코프 교는 청동으로 만든 네 개의 말 조각품으로 장식되어 있는데, 뒷발로 선 말들을 시종들이 제지하는 모습이 화강암 좌대 위에 조각되어 있다.

이상이 네프스키 대로의 대략적인 윤곽이다. 그런데 터키의 엉터리 화가들이 그린 그림들처럼, 왜 네프스키 대로의 묘사 속에는 사람들이 없느냐고 독자들께서 의아해할지도 모르겠다. 제발, 잠시만 기다려 주시라. 이제 곧 우리의 시선 속에 인물들이 등장하여 활기를 불어넣어 줄 것이다. 불행하게도 화가와는 달리, 작가는 대상들을 순차적으로 보여 줄 수밖에 없다.

네프스키 대로의 풍경 속에 인물들을 끼워 넣겠다고 약속했으니, 이제 우리가 직접 인물들을 재빠르게 스케치해 보자. 건축물 그림을 그리는 사람들은 펜을 빌려 도판 아래쪽에 "뒤리와 베요의 모습"이라고 간단하게 적어 넣기만 하면 되지만, 우리는 그럴 수 없으니까 말이다.

인파가 가장 붐비는 때는 1시에서 3시 사이이다. 용무가 있어서 빠른 걸음으로 걷는 사람들 외에도 산보객들이 있다. 산보객들의 유일한 목적은 구경하고, 구경거리가 되고, 약간의 운동을 하는 것이다. 그들이 타고 온 드로즈키나 이륜마차는 적당한 장소에서 그들을 기다리거나 나란히 차도 위를 따라 움직이기도 한다. 갑자기 산보객이 마차에 다시 타고 싶어지는 경우를 대비해서이다.

우선 근위대 장교들이 눈에 띄는데, 그들은 계급을 나타내는 견장이 달린 회색 군용 외투를 입고 있다. 가슴에는 거의 언제나 훈장들을 달고 다니고, 머리에는 중간 크기의 철모를 썼다. 다음으로는 치노브니크tchinovnik(관리)들이 있는데, 등에 주름을 넣고 허리께가 뒤로 접힌 긴 프록코트를 입고 다닌다. 그들은 중절모 대신 모표가 달린 어두운 색의 챙 달린 모자를 쓴다. 군인도 아니고 사무원도 아닌 젊은이들은 모피를 댄 짤막한 외투를 입는다. 가격이 외국인들에게는 놀라울 정도여서, 파리의 멋쟁이라 하더라도 선뜻 사기가 어렵다. 원단은 고운 나사이고, 담비나 사향의 가죽을 안감으로 쓴다. 외투 깃에는 비버 모피가 사용되는데, 가죽이 얼마나 풍성하고 부드럽고 색깔이 짙은가에 따라, 그리고 가죽에 남아 있는 흰 털의 보존 상태에 따라 1백 루블에서 3백 루블까지 받는다. 천 루블도 전혀 터무니없는 가격은 아니고, 그보다 더 비싼 외투도 있다. 그야말로 우리는 알지 못하는 러시아인들만의 사치라고 할 수 있다. 그래서 상트페테르부르크에서는 "사귀는 사람을 보면 그 사람을 알 수 있다"라는 속담을 "어떤 모피를 입는지를 보면 그 사람을 알 수 있다"로 바꿀 수도 있을 것이다. 입은 외투를 보고 사람을 평가하는 것이다.

베네치아의 여인들이 항상 곤돌라를 타고 다닌다면, 상트페테르부르크의 여인들은 항상 마차를 타고 다닌다. 마차에서 내린다고 해도 대로를 그저 몇 발짝 걸을 뿐이다. 여인들은 파리풍의 의상과 모자를 쓰고 다닌다. 파란색을 선호하는 듯한데, 흰 얼굴과 금발 머리에 잘 어울린다. 적어도 거리에서는 여인들의 몸매를 판단하기 어렵다. 검은색 새틴이나 타탄 체크 모직으로 된 헐렁한 외투로 발목에서부터 목덜미까지 온통 감싸고 다니기 때문이다. 추운 기후 때문에 멋 부리기를 포기할 수밖에 없고, 아주 날씬하고 예쁜 발도 미련 없이 큼직한 장화 속에 집어넣어야 한다. 안달루시아 여인들이라면 차라리 죽는 편을 택했을지도 모르지만, 상트페테르부르크에서는 "춥다"라는 문장 하나가 모든 것을 변명해 준다. 검은담비나 시베리아산 푸른 여우의 모피 등을 덧댄 그 외투의 가격은 우리 같은 서유럽 사람들의 상상을 훨씬 뛰어넘는다. 외투에 관한 한, 사치는 정말 엄청나다. 그러나 그렇게 놀랄 필요는 없다. 하늘의 인색함이 여인들에게 형편없는 가방 하나만 딸랑 허락한다면, 그 가방은 아주 화려한 몸치장과 맞먹는 가치를 갖게 될 것이다.

콧대 높은 미인들은 한 오십 발자국쯤 걷다가 다시 이륜마차나 여닫이식 사륜 포장마차에 올라탄다. 누군가를 방문하거나 집으로 돌아가는 것이다.

물론 지금 말하고 있는 것은 사교계의 여인들, 즉 신분 높은 여인들의 경우에 해당한다. 다른 여인들은 아무리 부자라 하더라도 행색이 좀더 초라하다. 대등한 미모라 하더라도 신분이 모든 것을 압도한다. 상인의 아내인 독일 여자들은 게르만적인 체형, 몽상적이고 나른한 태도, 깨끗하긴 하지만 평범한 원단을 쓴 의복에서 금방 표가 난다. 그 여자들은 수놓은 스커트나 털이 긴 나사 망토를 입는다. 벨벳 외투를 입고 머리 꼭대기에 모자를 얹은 프랑스 여자들은 치장이 요란하다. 네프스키 대로 위에서 프랑스 여자들을 보노라면, 마치 마비유파리 몽테뉴 가에 있던 야외 무도회장나 폴리누벨파리의 오페레타 극장으로 현재는 데자제 극장에 와 있는 듯한 느낌이다.

부득이하게도, 지금까지는 여러분이 마치 비비엔 가나 파리의 어느 대로에 와 있는 듯한 느낌이었을지도 모른다. 조급해하지 마시라, 이제 전형적인 러시아 사람들을 소개할 참이니까. 푸른색 모피 외투를 입은 저 남자를 보자. 중국 드레스처럼 가슴한 귀퉁이에 단추가 달리고 엉덩이 부분에 대칭으로 주름을 잡은 그의 외투는 아주 우아하고 단정하다. 그는 아르텔치트치크 artelchtchik, 즉 상점의 점원이다. 몸통은 납작하고 챙은 이마에 달라붙은 모자가 그의 의상을 마무리하고 있다. 그의 머리칼과 턱수염은 예수 그리스도처럼 나뉘어 있고, 용모는 정직하고 지적으로 보인다. 대금 징수나 주문처럼, 정직성이 요구되는 업무들이 그에게 맡겨진다.

아기자기한 볼거리가 없다고 아쉬워하는 순간, 우리 옆으로 옛 민족의상을 입은 유모 하나가 지나간다. 그녀는 왕관 형태를 한 일종의 토크 모자인 포보이니크povoïnik를 쓰고 있다. 붉은색이나 푸른색 벨벳 원단에 금실 자수를 놓은 모자이다. 포보이니크는 드러내기도 하고 두건으로 가리기도 하는데, 드러낸 경우는 소녀이고 가린 경우는 성인 여자이다. 유모들이 쓰는 포보이니크는 후부後部가 달려 있고, 모자 밑으로 나온 뒷머리를 두 갈래로 땋아 등 뒤에 늘어뜨린다. 처녀인 경우에는 한 갈래로 땋는다. 소매 밑으로 허리를 조이고 치맛단은 아주 짧은, 솜을 넣은 다마스 원단의 드레스는 튜닉과 유사하다. 드레스 밑으로 좀더 평범한 원단의 속치마가 드러난다. 튜닉을 닮은 드레스도 포보이니크와 마찬가지로 붉은색이거나 푸른색이다. 가장자리에 커다란 금실 장식이 달려 있다. 러시아 토박이 의상으로, 미인이 입으면 독특하고 기품이 있어 보인다. 궁정 연회에서 입는 화려한 의상도 이 드레스를 모형으로 삼고 있다. 번쩍이는 금과 다이아몬드로 치장하면 제법 화려한 맛을 더해 준다.

스페인에서는 파시에가칸타브리아 주의 파스 지역 사람들을 가리키는 말식 복장을 한 현지 유모를 갖는 것도 고상함의 표지이다. 프라도나 알칼라 가街에서 우리가 본, 금색 띠가 둘러진 진홍빛 치마와 검은색 벨벳 저고리 차림의 그 시골 여자들은 정말 아름다웠다. 민족적인 특징이 사라져 간다고 느껴지면, 문명은 시골의 오지에서 옛 의상을 입은 여인을 불러와 어린아이들에게 그 기억을 각인시켜 주는 모양이다. 그럴 때, 시골 여인은 조국의 이미지가 된다.

아이들에게 유모에 대해 말을 하게 될 것이고, 그러면 전승은 자연스럽게 이루어진다. 푸른색의 작은 모피 외투를 입은 러시아의 아기들은 아주 얌전하다. 스페인에서 아기들이 쓰는 솜브레로 칼라네스sombrero calañés처럼 납작한 중절모에는 눈알 모양의 공작 깃털 조각이 장식되어 있다.

보도 위에는 언제나 몇몇 드보르니크dvornick, 즉 문지기들이 있다. 그들이 하는 일은 여름에는 문 앞을 비질하는 것이고 겨울에는 얼음을 치우는 것이다. 수위실이라는 단어를 우리 식으로 이해할 경우, 그들이 수위실에 머무는 경우는 거의 없다. 그들은 밤을 새우고, 문을 열 때 쓰는 끈을 사용하지 않으며, 작은 인기척에도 잽싸게 달려와 직접 문을 연다. 이해하기 힘들지만, 그들은 모름지기 문지기라면 새벽 3시든 오후 3시든 손님들에게 문을 열어 주는 것이 당연하다고 생각하기 때문이다. 그들은 아무 데서나 자고, 절대로 옷을 벗지 않는다. 그들은 품이 꽤 헐렁한 짧은 바지 위에 푸른색 셔츠를 입고, 커다란 장화를 신는다. 첫 추위가 시작되면 뒤집은 양가죽 옷으로 복장이 바뀐다.

때때로 몸에 끈으로 묶은 간단한 파뉴^{허리에 두르는 사각형 형태의 간단한 옷} 모양의 앞치마를 허리까지 두른 소년이 작업실에서 나와, 잽싸게 거리를 가로질러 조금 떨어진 집이나 상점으로 들어가는 모습을 볼 수 있다. 장인의 심부름을 하는 견습공이다.

때와 기름 얼룩으로 번들거리는 양가죽 상의를 입고 사과나 케이크를 파는 수십 명의 농부들을 묘사해야 비로소 그림이 좀더 완전해질 것이다. 농부들은 쇼핑한 물건이 담긴 카르진 karzine(전나무 대팻밥으로 짠 바구니)을 나르기도 하고, 도끼로 목재 포도를 다듬기도 하며, 네댓 명씩 짝을 지어 피아노, 테이블, 소파 따위를 머리에 이고 발을 맞춰 걷기도 한다.

농부의 아낙들은 전혀 볼 수 없는데, 들판에서 주인의 땅을 일구거나 집에서 가사를 돌보기 때문이다. 아주 이따금 마주치긴 하지만, 그 여자들은 아무런 특징이 없다. 턱 밑으로 두른 수

건에 둘러싸여 얼굴만 보인다. 평범한 원단의 솜을 넣은 외투를 정강이까지 내려뜨리고 있는데, 색깔도 평범하고 그다지 깨끗해 보이지도 않는다. 긴 펠트 양말과 나무창을 댄 구두 위에 인도 사라사 치마를 입었다. 별로 예쁜 편은 아닌데, 우울하고 나른해 보인다. 성장을 한 아름다운 여인을 보아도 그들의 핏기 없는 눈에서는 선망의 불꽃이 일지 않는다. 그 여자들은 몸치장이라는 것을 알지 못하는 듯하다. 우리나라에서는 아무리 낮은 신분의 여자라도 그러는 법이 없지만, 그 여자들은 자신의 낮은 신분을 받아들인다.

또한 여자들의 비율이 아주 낮다는 점도 상트페테르부르크 거리의 특징 중의 하나이다. 동방 지역과 마찬가지로, 남자들에게만 외출의 특권이 있는 모양이다. 독일에서는 그와 반대로, 여성들이 항상 밖에서 일한다.

지금까지는 보도 위의 군상들만을 묘사한 셈인데, 차도의 광경도 그에 못지않게 활기차고 생동감이 있다. 차도에는 전속력으로 달리는 마차들의 거친 흐름이 계속 이어지고, 네프스키 대로를 가로지르는 것은 드루 가와 리슐리외 가 사이의 대로를 가로지르는 것 못지않게 위험한 일이다. 상트페테르부르크에서는 걷는 경우가 드물고, 아주 가까운 거리를 움직일 때도 드로즈키를 탄다. 이곳에서 마차는 사치품이 아니라 1차적인 생활필수품으로 간주된다. 소상인들, 급여가 많지 않은 사무원들은 많은 것을 포기하면서 카레타^{이륜마차}, 드로즈키, 썰매를 장만하기 위해 애를 쓴다. 도보로 다니는 것은 불명예스러운 일이다. 마차가 없는 러시아인은 말이 없는 아랍인과 같다. 신분을 의심받고, 메치트차닌^{mechtchanine}, 즉 농노 취급을 받게 된다.

러시아의 가장 대표적인 마차인 드로즈키는 다른 나라에서는 볼 수 없는 독특한 것이어서, 따로 소개할 만한 가치가 있다. 마치 우리에게 과시라도 하듯 보도 가까이에 세워진 채, 어딘가를 방문한 제 주인을 기다리는 드로즈키 한 대가 눈에 띈다. 마차의 외장^{外裝}에 관심이 많은 젊은 귀족의 것으로, 최신형 드로즈키이다. 드로즈키는 나지막하고 덮개가 없는, 아주 작은 사륜마차이다. 뒷바퀴가 우리의 아메리카 마차나 빅토리아 마차 앞바퀴보다 크지 않고, 앞바퀴는 브루에트 마차의 바퀴보다 작다. 네 개의 둥근 용수철이 차체를 지탱하고, 차체를 둘로 나눈 좌석에 마부와 주인이 앉는다. 주인의 좌석은 둥근 형태인데, 소위 말하는 이기적 드로즈키, 즉 고급 드로즈키에는 한 사람만 앉을 수 있다. 보통의 경우에는 두 사람이 탈 수 있지만, 자리가 비좁아서 옆자리의 남자나 여자를 팔로 감싸고 앉아야 한다. 양쪽 측면에는 반질반질한 두 개의 가죽 흙받이가 바퀴 위에 둥그렇게 씌워져 있는데, 그 둘이 차체의 옆구리에서 합쳐지면서 문이 달려 있지 않은 마차의 야트막한 승하차용 발판 구실을 한다. 마부석 밑에 이중으로 휘어진 관이 있고 바퀴에 차축 덮개는 없는데,

그 이유는 마차에 말을 연결하는 방식을 설명할 때 이야기할 참이다.

드로즈키의 색깔은 거의 비슷비슷하다. 푸르스름한 빛깔의 그물 무늬를 넣은 암청색이거나 푸른 사과 빛깔의 그물 무늬를 넣은 러시안 블루이다. 정도 차이는 있지만 어쨌든 기본 색감은 짙은 색이다.

좌석은 속을 채운 모로코 가죽이나 어두운 색의 나사 천을 씌웠고, 발밑에는 페르시아 양탄자나 모켓보풀이 있는 바닥 장식용 직물이 깔려 있다. 드로즈키에는 등燈이 없어서, 밤이면 헤드라이트도 없이 거리를 달린다. 조심해야 하는 건 행인이고, 마부는 그저 "조심하시오!"라고 외칠 뿐이다.

옆구리에 끼고 가도 될 것 같은 이 가벼운 마차만큼 예쁘고 귀여운 마차도 없다. 마치 마브 여왕켈트 전설 속의 인물의 마차 제작 공장에서 튀어나온 마차 같다.

그 호두 껍데기처럼 가벼운 마차를 끌고서라면 장애물이라도 뛰어넘을 것 같은 멋진 말 한 마리가 조급하고 신경질적으로 제자리에서 발을 구른다. 아마도 가격이 6천 루블은 나갈, 유명한 오를로프 종의 말이다. 암갈색 털, 육중한 몸매, 풍성한 갈기, 운모 가루를 뿌린 듯 은빛으로 반짝이는 꼬리가 인상적이다. 말은 제자리걸음을 하고, 머리를 가슴께로 숙이면서 발톱으로 포도를 긁어 대기도 하는데, 건강한 마부도 제어하기가 그다지 쉽지 않다. 마차와 연결된 두 개의 견인 막대 사이로 맨몸이 드러나 있어서, 복잡한 말굴레 때문에 그 아름다움을 감상하지 못하는 일은 없다. 몇 가닥의 가느다란 줄, 기껏해야 폭이 1센티미터쯤 되는 가죽끈 몇 개가 금은으로 도금된 작은 장식물들로 서로 연결되어, 말의 몸통 위에서 건들거린다. 그 끈들은 말을 성가시게 하지도 않고 가리지도 않아서, 우리의 시선 앞에 그 완벽한 몸매를 고스란히 드러내 준다. 코 굴레의 수직 끈은 작은 금속 박편들로 덮여 있는데, 코 굴레에 갑갑한 눈가리개는 달려 있지 않다. 눈가리개는 말의 가장 아름다운 부위, 즉 광채 가득한 커다란 눈동자를 가려 버리는 덧창이라고 할 수 있다. 이마에는 가느다란 은사슬 두 개가 우아하게 교차되어 있고, 금속의 차가움이 민감한 부위를 다치게 할까 봐 재갈에는 가죽을 덧대어 놓았다. 그 우아한 짐승을 조종하기에는 재갈만으로도 족하다. 아주 가볍고 부드러운 목 끈이 말굴레 전체에서 유일하게 마차와 말을 연결해 주는 부분이다. 러시아에서는 말을 마차에 맬 때, 목 끈과 견인 막대 사이에 견인줄을 사용하지 않기 때문이다. 죔쇠나 고리, 금속 후크 따위를 쓰지 않고, 여러 차례 감아서 돌린 벨트로 직접 막대에 목 끈을 연결한다. 양 끝을 잇대어 놓은 바구니 손잡이처럼 말의 어깨뼈 위로 휘어진 유연한 목궁^{치르크}의 줄들이 목 끈과 견인 막대 끝부분이 연결되는 지점에 매어져 있다. 뒤로 약간 젖혀진, 두가^{douga}라는 이름의 그 목궁이 두 개의 견인 막대와 목 끈 사이에 간격을 만들어 말이 다치지 않도록 해준다. 또한 고삐 줄을 거는 갈고리 역할도 해준다.

견인 막대는 드로즈키의 차대가 아니라 두 앞바퀴의 차축에 고정되어 있는데, 차축은 윤심에서 삐져나와 쐐기로 고정된 얇은 목제 부속품을 관통한다. 견고성을 높이기 위해, 보조 견인줄 하나를 목 끈의 벨트 시스템과 연결해 놓았다. 그런 말 매기 방식은 견인력이 차축 양끝을 지렛대처럼 활용하게 해주기 때문에, 차대 앞부분의 방향 전환을 쉽게 해준다.

드로즈키를 너무 세세하게 묘사한 것도 같지만, 사실 애매모호한 묘사는 이해에 전혀 도움이 되지 않는다. 그리고 파리나 런던의 '스포츠맨'경마나 마차 경주를 즐기는 사람을 가리키는 용어들은 상트페테르부르크의 '스포츠맨'이 타는 드로즈키가 어떻게 생겨먹었고 어떻게 말과 연결되는지 알아서 결코 나쁘지 않을 것이다.

각설하고! 우리는 아직 마부에 대한 이야기를 하지 않았다. 그런데 사실 러시아의 마부야말로 지방색이 가득한 아주 개성적인 인물이다. 납작한 형태의 모자를 쓰는데, 모자의 둥근 부분은 머리 주위에서 좁아지고 가장자리는 양 옆을 날개처럼 말아 올려서 이마와 뒷목 부분이 구부러져 있다. 왼쪽 소매 밑에 달린 다섯 개의 후크 또는 은 단추로 여미게 되어 있는 푸른색이나 녹색의 긴 외투를 입는다. 외투의 엉덩이 부분에는 주름이 잡혀 있고, 허리 부분은 금실로 짠 능직 벨트로 꽉 조여져 있다. 넥타이를 맨 근육질의 목덜미, 가슴 위로 늘어뜨린 풍성한 수염, 양손에 고삐를 쥔 채 두 팔을 내뻗은 마부의 표정은 정말이지 의기양양하고 엄숙해 보인다. 자신의 마차를 모는 마부의 모습이 바로 그래야 한다는 듯이! 마부는 덩치가 클수록 돈을 많이 받는다. 그래서 마른 몸으로 일을 시작했다가도, 살이 찌면 급여를 올려 달라고 요구한다.

두 손으로 말을 몰기 때문에 채찍은 사용하지 않는다. 말들은 마부의 목소리를 듣고 힘을 내거나 속도를 늦추거나 한다. 스페인의 노새꾼들처럼 러시아의 마부들도 말에게 칭찬을 해주기도 하고 욕설을 퍼붓기도 한다. 때로는 말에게 애정이 담뿍 어린 애칭을 쓰기도 하고, 또 때로는 오늘날의 소심한 우리들로서는 말로 옮기기조차 민망한 아주 노골적인 욕설을 하기도 한다. 샤를 드 브로스18세기 프랑스의 역사가이자 작가 재판장이라면 주저 없이 옮겼을지도 모르겠다. 말이 속도를 늦추거나 실수를 할 때, 다시 속도를 내게 하거나 실수를 바로잡기 위해서는 말고삐로 엉덩이를 한 대 때려 주는 것으로 충분하다. 마부들은 행인들에게 물러서라고 할 때, "베레기스! … 베레기스!"라고 외친다. 마부의 독촉에 행인이 재빨리 따르지 않을 경우, 힘을 주어 다시 강조하여 말한다. "베레기스… 쉬타… 어이!" 명문가의 마부들은 목소리를 높이지 않는 것에서 자부심을 느낀다.

젊은 귀족이 자신의 마차에 다시 올라탄다. 말은 제 무릎이

코에 닿을 정도로 성큼성큼 달리기 시작한다. 마치 춤을 추는 것 같지만, 그 우아한 자태 때문에 속도가 줄어드는 법은 결코 없다.

때로 드로즈키에 다른 말을 하나 더 매기도 하는데, '골동품 말'이라고 번역할 수 있는 프리스티아즈카^{pristiajka}라는 이름의 말이다. 보조 고삐 하나로만 조종되는데, 동료가 속보로 걸을 때 그놈은 구보로 달린다. 어려운 점은 서로 다른 두 말의 보조를 똑같게 유지하는 일이다. 그 말은 마구馬具 옆을 깡충깡충 뛰어 가는 것처럼 보이고, 재미 삼아 옆의 동료와 동행하는 것처럼 보이기도 한다. 그놈에게는 세상 어디에서도 볼 수 없는 즐겁고 자유롭고 귀여운 뭔가가 있다.

영업용 드로즈키들은 외양이 얼마나 우아한지, 제작에 공을 얼마나 들였는지, 그리고 색칠이 얼마나 빛바랬는지 하는 차이들 말고는 구조가 거의 똑같다. 영업용 드로즈키를 모는 마부가 입는 푸른색이나 녹색의 외투는 비교적 깨끗한 편이다. 외투에는 번호가 찍힌 구리판이 달려 있는데, 일반적으로 가죽끈에 매달아 등 뒤로 넘겨 놓는다. 마차가 달리는 동안 손님들이 숫자를 보고 잊지 않도록 하기 위해서이다. 마구를 다는 방식은 동일하고, 우크라이나산産의 키 작은 말도 그다지 좋은 종자는 아니지만 달리는 것은 제법 빠르다. 장의자 드로즈키도 있는데, 가장 오래되고 가장 전통적인 드로즈키이다. 나사 천을 씌운 장의자에 네 바퀴를 달아 놓은 것에 불과해서, 걸터앉거나 아니면 여성용 안장에 앉는 것처럼 모로 앉아야 한다. 드로즈키들은 여기저기 돌아다니기도 하고 길이나 광장 모퉁이에 정차해 있기도 하는데, 정차해 있을 때는 받침용 다리가 달린 목제 여물통들이 건초나 귀리를 담은 채 그 앞에 놓여 있다. 밤낮 구분 없이 아무 때나, 상트페테르부르크의 어디에서나, "이즈보치트치크!" Izvochtchik, 기사라고 두세 번 외치기만 하면, 어디선가 나타난 작은 마차가 전속력으로 달려오는 것을 볼 수 있다.

우아한 드로즈키들이 만들어 내는 그 소용돌이에 아주 원시적인 짐수레들이 합세한다. 고도의 문명과 극단적인 촌스러움이 어깨를 나란히 하는 셈이다. 그런 대조는 러시아에서 흔히 볼 수 있다. 차축에 두 개의 기둥을 세운 형태의 로스푸스키들이 니스 칠을 번쩍거리며 달려가는 사륜마차 옆을 스치고 지나간다. 로스푸스키의 바퀴들은 윤심 위의 목제 부품으로 떠받쳐진 채, 조잡한 마차 옆구리에서 간신히 버팅기고 있다. 마구를 매는 기본 방식은 드로즈키와 같다. 다만 우아한 곡선 형태의 날렵한 목궁이 좀더 크고 색칠도 별난 것으로 바뀌고, 줄도 가느다란 가죽 끈으로 대체된다. 마차 위에는 양가죽 저고리나 작업복을 걸친 농부가 꾸러미와 봇짐들 사이에 웅크리고 앉아 있다. 말의 털은 글경이질이라곤 한 적이 없는 것처럼 뻣뻣하게 곤추서 있고, 걸어갈 때면 헝클어진 갈기가 거의 바닥에 닿을 듯 건들거린다. 이 사이에도 그 마차가 사용된다. 판자를 깔아 공간을 넓히는데, 끈으로 묶은 가구의 다리들이 허공에서 건들거린다. 저만치, 건초더미 하나가 제 혼자 걸어가고 있는 것처럼 보인다. 늙다리 말 한 마리가 건초더미에 뒤덮인 채 마차를 끌고 있는 것이다. 물이 가득 든 통 하나도 같은 방식으로 천천히 움직이고 있다. 스프링도 없는 널판자 위에서 이리저리 요동치고 있는 승객은 아랑곳하지 않은 채, 사륜 짐마차 한 대가 전속력으로 달려간다. 어디로 가는 걸까? 오륙백 베르스타옛 러시아의 거리 단위. 약 1킬로미터 떨어진, 어쩌면 더 멀리, 제국의 변경에 있는 카프카스나 티베트로 간다. 아무러면 어떤가! 다만 짐수레라고밖에 부를 도리가 없는 그 허술한 짐수레가 바닥에 납작 배를 댄 채 항상 달릴 것이라는 사실만은 확신해도 좋다. 조그만 좌석과 함께 앞바퀴 두 개가 도착하기만 하면, 그것으로 족하다.

바닥과 짐칸의 칸막이 널판 때문에, 커다란 여물통에 작은 바퀴를 달아 놓은 것처럼 보이는 저 짐수레를 보시라. 뒤쪽에 장대 하나를 매달아서 끌고 가는데, 마구간의 칸막이처럼, 차체에 연결되어 따라가는 두 마리 말 사이를 떼어 놓는 역할을 하는 장대이다. 마부가 말들을 손으로 직접 부릴 필요가 없도록 해놓은 것이다. 기막히게 간단하고 편리한 방식이다.

사나운 마부의 날카로운 채찍질을 받는 코끼리 같은 몸집의 말들이 대여섯은 함께 끌어야 움직이기 시작하는 대형 짐수레들은 상트페테르부르크에서 볼 수 없다. 빨리 달리는 것을 좋아하기 때문에 말들에게 아주 적은 부담을 주고, 그래서 말들이 건장하기보다는 활기가 있다. 나눌 수 있는 무거운 물건들은 여러 대의 마차에 나누어 싣고, 우리들처럼 한 대에 바리바리 싣는 법이 없다. 짐을 나누어 실은 말들은 함께 움직이기 때문에, 그 모습이 마치 사막의 여행 풍습인 대상 행렬을 도시에 옮겨다 놓은 듯한 느낌을 준다. 기마경찰이나 전령병으로 파견된 코사크인들은 볼 수 있지만, 기병들은 드물다.

모든 문명 도시에는 합승마차가 필요하다. 네프스키 대로에도 몇 대의 합승마차가 다니는데, 멀리 떨어진 구역들을 오간다. 말은 세 마리를 맨다. 사람들은 합승마차보다 드로즈키를 선호하는데, 운임이 그렇게 많이 비싸지 않은데다가 원하는 곳 어디든 갈 수 있기 때문이다. 장의자 드로즈키는 일회 운임이 15코펙이고, 1인승 라운드 드로즈키는 20코펙, 즉 우리 돈으로 15~16수프랑스의 옛 화폐 단위쯤 된다. 그렇게 비싼 편이 아닌 셈이다. 그래서 웬만한 구두쇠나 가난뱅이가 아니라면, 걷는 법이 거의 없다.

그러나 어스름이 찾아오면서 행인들은 저녁식사를 위해 발걸음을 재촉하고, 마차들은 뿔뿔이 흩어진다. 망루 위로는 가스등의 점화를 예고하는 둥근 달이 떠오른다. 이제 돌아갈 시간이다.

겨울

올겨울은 러시아의 오랜 관례를 깨고 날씨가 파리의 겨울처럼 변덕스러웠다. 때로는 북풍이 사람들의 코를 얼리면서 양 볼을 창백하게 만들었고, 때로는 남서풍에 외투의 고드름이 녹아 빗방울처럼 떨어져 내리기도 했다. 눈부시게 하얗던 눈이 이내 잿빛 눈으로 변했고, 눈썰매의 스케이트가 날카로운 소리를 내며 대리석 가루처럼 하얀 눈가루를 날리더니 이내 자갈 포장을 한 도로보다도 더 고약하게 진흙투성이 퓨레야채류를 익혀 으깬 음식를 튕겼다. 또는 하룻밤 사이에 네거리에 있는 온도계의 수은주가 10도 이상 내려가고, 새로 생긴 백색 단층 하나가 지붕을 덮고, 드로즈키들이 종적을 감추기도 했다.

기온이 영하 15~20도일 때, 겨울은 겨울다워지고 시적詩的이 된다. 그 효과는 가장 찬란한 여름만큼이나 풍부하다. 그러나 지금까지는 그런 겨울을 묘사한 화가들과 시인들이 없었다. 우리는 지난 며칠 동안 정말로 러시아다운 추위를 경험했다. 그 추위의 몇 가지 양상을 소개할 참인데, 위력이 그 정도로 강해지면 추위가 눈에 보이기 때문이다. 아주 따뜻한 방의 이중창을 통해서도 추위는, 느낄 수는 없지만, 완벽하게 알아볼 수 있다.

하늘이 맑아진다. 그 푸른빛은 남쪽 지방의 쪽빛과는 전혀 다른데, 아주 드물고 매력적인 색감을 지닌 차갑고 강철 같은 파란빛이다. 이반 아이바조프스키19세기 러시아 화가를 비롯한 그 어떤 화가도 그 하늘빛을 재현해 낸 적이 없다. 햇빛은 차갑게 빛나고, 얼어붙은 태양은 몇몇 작은 구름 조각들의 볼을 붉게 물들인다. 눈은 화강암처럼 단단하게 빛을 발하면서 파로스 대리석 운모를 닮아 가고, 차가운 결빙 밑에서 더 한층 흰빛을 띤다. 하얗게 서리를 뒤집어쓴 나무들은 상상의 정원에 나오는 금속제 꽃들이나 거대한 수은水銀 가지들을 닮았다.

털외투를 걸치고, 외투 깃을 세우고, 털모자를 눈썹까지 눌러 쓴 다음, 지나가는 이즈보치트치크를 소리쳐 부르시라. 그러면 그자가 냉큼 달려와 썰매를 보도 가까이에 댈 것이다. 아주 젊은 사람이라 하더라도, 썰매꾼의 수염은 틀림없이 새하얘져 있을 것이다. 추위에 푸르스름해진 얼굴 주위에 입김이 얼어붙어 얼음 조각들로 바뀌는 바람에 족장의 수염이 만들어지는 것이다. 그의 뻣뻣해진 머리칼은 냉동 뱀처럼 광대뼈를 때리고, 손님의 무릎을 덮어 주는 가죽에는 무수히 많은 하얀 진주들이 점점이 뿌려져 있다.

이윽고 썰매가 출발한다. 에이는 듯 차갑고 날카로우면서도 맑은 공기가 얼굴을 후려친다. 달리는 속도 때문에 열이 난 말은 우화에 나오는 용처럼 입에서 연기를 내뿜고, 땀에 젖은 말의 허리에서 피어오른 수증기가 말과 함께 움직인다. 지나는 길에 당신은 다른 썰매꾼들의 말들이 여물통 앞에 멈추어 서 있는 모습을 볼 것이다. 말들의 몸통 위에는 땀이 서리가 되어 얼어붙어 있다. 말들이 마치 설탕 옷을 뒤집어쓴 것 같고, 유리 반죽 같은 얼음 껍데기에 뒤덮여 있는 것 같다. 말들이 다시 출발하면 그 얇은 껍데기도 부서지고 떨어지고 녹기 시작하지만, 다음번에 멈추어 서자마자 또다시 만들어진다. 그런 교대 현상이 반복된다면, 영국산 말은 일주일 만에 녹초가 되고 말 것이다. 그러나 악천후를 지독하게 잘 견뎌 내는 그 작은 말들은 건강에 아무런 이상도 생기지 않는다. 주기적인 혹한에도 불구하고, 값비싼 말들에게만 마의馬衣를 입힌다. 영국이나 프랑스에서는 혈통 좋은 말들에게 가죽 마의나 귀퉁이에 문장을 그려 넣은 덮개를 씌워 주지만, 이곳에서는 김이 무럭무럭 나는 말 엉덩이에 요란한 색깔의 페르시아산 양탄자나 스미른터키 이즈미르의 옛 이름산 양탄자를 덮어 준다.

스케이트를 달고 질주하는 카레타의 유리창에는 주석 도금처럼 불투명한 얼음막이 입혀져서, 안도 밖도 보이지 않게 된다. 겨울이 창에 수은 블라인드를 내려치는 셈이다. 그 엄청난 추위에 사랑이 덜덜 떨지만 않는다면, 상트페테르부르크의 카레타 안에서 사랑은 베네치아의 곤돌라에서만큼이나 많은 비밀들을 발견할 수 있을 것이다.

사람들은 네바 강을 마차로 건넌다. 눈이 녹을 만큼 날씨가 일시적으로 풀렸는데도 얼음의 두께는 여전히 2~3피트 정도 된다. 봄이 오고 해빙기가 되기까지 얼음은 꿈쩍도 하지 않을 것이다. 묵직한 짐수레는 물론이고, 대포의 무게도 견딜 수 있을 만큼 얼음은 단단하다. 전나무 가지들이 가야 할 길과 가지 말아야 할 곳들을 알려 준다. 몇몇 곳에는 물을 쉽게 길어 올릴 수 있도록 얼음을 잘라 놓았다. 그 수정 마루판 밑에서 물은 여전히 흐르고 있다. 물은 바깥공기보다 따뜻하기 때문에 얼음판 사이로 끓는 주전자마냥 김을 내뿜지만, 모든 것은 다 상대적일 뿐, 물이 미지근할 거라고 믿었다가는 낭패 보기 십상이다.

앙글리스카야 강변로를 지나거나 네바 강 위에서 산보를 할 때, 어부의 살림망에서 도시 사람들이 소비할 생선들을 꺼내는 모습을 보는 것은 아주 재미있는 일이다. 삽으로 통의 바닥에서 생선들을 끌어모아 퍼덕이는 상태 그대로 갑판 위에 던져 놓으면, 생선들은 두세 번 몸을 뒤틀며 뒤척이다가 이내 투명한 케이스에 갇히기라도 한 것처럼 뻣뻣이 굳어 버린다. 생선들을 적시고 있던 물기가 갑자기 얼어 버리기 때문이다.

지독한 추위 덕분에 냉동 속도도 엄청나게 빠르다. 샴페인 병을 이중창 사이에 넣어 두면 단 몇 분 만에, 웬만한 엉터리 냉각 기구를 쓰는 것보다 훨씬 빨리 샴페인이 차가워진다. 전혀 부풀리지 않은, 개인적인 일화 하나를 소개할 생각이다. 파리에서의 오랜 습관대로, 우리는 호텔을 나서면서 아바나산 고급 시가 한 대를 피워 물었다. 문을 나서려는 순간, 상트페테르부르크의 거리에서는 흡연이 금지되어 있고, 위반하면 1루블의 벌금을 내야 한다는 사실이 생각났다. 아직 몇 모금밖에 빨지 않은 맛있는 시가를 버린다는 건 흡연자의 입장에서 정말 쉽지 않은 일이다. 가야 할 거리가 얼마 되지 않았기 때문에, 우리는 손을 오므려 그 안에 시가를 숨겼다. 시가를 손에 들고 있는 건 위법이 아니니까. 방문하려던 집의 포디에즈드 밑에서 시가를 다시 피우려 했을 때, 이빨로 씹어 축축해졌던 시가의 한쪽 끝이 작음 얼음덩어리로 변해 있었다. 물론 다른 쪽 끝에는 여전히 불이 붙어 있는 상태였다.

그러나 아직 영하 17~18도 밑으로는 떨어지지 않았으니, 주현절 무렵에 일반적으로 나타나는 맹추위는 아니었다. 러시아인들은 겨울이 춥지 않다고 불평하고, 날씨가 제정신이 아니라고 말한다. 마부들은 제국 극장이나 겨울궁전 근처의, 함석 지붕을 얹은 정자 아래 쌓아 둔 장작에 아직 불을 피울 엄두도 내지 못했다. 주인을 기다리는 동안 마부들이 그곳에 와서 몸을 덥히는 것이다 ── 요컨대 너무 따뜻하다! 그렇지만 오페라 극장이나 발레 극장에서 나오는 길에, 하얗게 눈 덮인 광장에서 눈부신 달빛을 받으며 주인을 기다리고 있는 마차들을 보노라면, 추위에 약한 파리 사람들은 마치 북극에라도 온 것 같은 느낌이 든다. 마부들은 운모 가루를 뒤집어쓴 것 같은 모습이고, 말들은 몸에 은빛 술 장식을 내려뜨린 것 같으며, 마차의 얼어붙은 등불은 희미한 별처럼 깜박거린다. 길에서 얼어 죽지나 않을까 두려워하며 우리는 썰매에 몸을 맡긴다. 그러나 아직 온기가 배어 있는 외투가 안락한 느낌으로 우리를 감싸 준다. 숙소가 말라야 모르스카야 거리나 네프스키 대로에 있어서 성 이사악 성당 근처를 지나가야 하는 경우라면, 잊지 말고 성당을 한번쯤 바라봐야 한다. 순백의 선들에 의해 건물의 전체적인 윤곽이 뚜렷하게 드러나 있고, 어둠에 반쯤 가려진 둥근 지붕 위에서는 지붕의 가장 볼록한 부분에서 번쩍이는 금속 조각 하나만이 빛을 발한다. 그리고 바로 맞은편에서는 달이 그 금속 조각에 제 모습을 비추어 보고 있는 듯하다. 그 빛나는 지점의 섬광이 어찌나 눈부신지, 사람들이 그것을 불 밝혀진 램프로 착각할 정도이다. 불 꺼진 돔의 모든 광채가 그 지점에 집중되어 있다. 그야말로 마술 같다. 겨울의 푸르스름한 달빛을 받으며 티 하나 없는 흰 담비 가죽 양탄자 위에 서 있는, 금과 동과 화강암으로 된 그 거대한 사원처럼 아름다운 것은 세상에 없다.

그 유명한 1740년 겨울처럼 어딘가에 얼음 궁전을 짓고 있는 중인가?[*] 그래서 길게 줄지은 썰매들이 물을 얼려 만든 거대한 얼음 덩어리들, 다이아몬드처럼 투명하고 극지의 신비한 정령을 모시는 사원의 반투명 벽을 쌓기에 적합한 얼음 덩어리들을 운반하고 있는 중인가? 전혀 아니다. 비축용 얼음 덩어리들을 운반하고 있는 중이다. 여름에 대비하여, 제일 조건이 좋을 때 네바 강에서 그 거대한 얼음 조각들을 잘라 내는 것이다. 마차 하나에 한 덩어리씩 실은 그 얼음 조각들은 영롱한 사파이어 빛이 난다. 썰매를 모는 사람들은 얼음 덩어리 위에 앉거나, 얼음 위에 쿠션처럼 팔꿈치를 괴고 있다. 길이 막혀서 대열이 멈출 때면, 추운 지방의 말들답게, 말들은 제 앞에 있는 얼음 덩어리를 음미하듯 가볍게 깨물어 본다.

차갑고 짙은 안개에도 불구하고 누군가 네바 강의 섬으로 파티를 하러 가자는 제안을 해오면, 추위에 코나 귀가 떨어져 나가지 않을까 하는 걱정일랑 접어 두시고 제안을 받아들이라. 코나 귀의 연골이 걱정된다 하더라도, 모든 것을 책임져 주는 모피가 있지 않은가?

트로이카, 즉 5인승에 세 마리 말이 끄는 대형 썰매가 문 앞에 서 있다. 서둘러 내려가시라. 곰 가죽 신발을 신고, 검은담비 털로 안을 댄 새틴 외투를 턱 밑까지 두르고, 솜이 든 토시로 앞가슴을 누르면서, 사람들이 당신이 내려오기만을, 그래서 썰매의 네 고리에 모피 양탄자를 걸고 출발할 순간만을 기다리고 있

---

* 이 시기 유럽과 러시아에는 수십 년만의 혹한이 닥쳤다. 그해 겨울에 러시아의 여제 안나 이바노브나는 수백 명의 인부를 동원하여 높이 10미터, 폭 25미터의 얼음 궁전을 짓게 했다.

다. 그 사이에 사람들이 푹 내려 쓴 베일에는 어느새 얼어붙은 서리가 무수한 다이아몬드들처럼 빛을 발한다. 당신은 추위를 느끼지 못할 것이다. 당신의 아름다운 두 눈이 얼음처럼 차가운 기온을 데워 주기 때문이다.

여름에 섬들은 상트페테르부르크의 불로뉴 숲이나 오퇴유, 폴리생잠파리 서쪽 근교의 숲과 공원이 많은 구역들이라고 할 수 있다. 겨울이 되면 섬들은 섬이라는 이름이 어울리지 않게 된다. 결빙이 눈 덮인 운하를 단단하게 만들어 육지와 연결시켜 주기 때문이다. 추운 몇 달 동안은 얼음만이 유일한 원소이다.

당신은 네바 강을 건너 바실리 섬의 마지막 대로들을 지나왔다. 이제 건물들의 성격이 바뀐다. 층수가 높지 않은 집들이 정원을 사이에 두고 서 있는데, 정원에는 네덜란드처럼 널판자를 횡으로 연결한 울타리가 둘러쳐져 있다. 목재도 대부분 석재나 벽돌로 바뀐다. 길은 도로로 바뀌고, 당신은 티 없이 깨끗하고 평탄한 설면 위로 여정을 계속한다. 사실은 그곳이 운하이다. 도로 끝에는 온통 새하얀 세상 한복판에서 마차들이 방향을 잃지 않도록 해주는 작은 경계 표지판들이 서 있다. 멀리서 보면 그 표지판들은 코발트 요정독일 민담에 나오는 요정이나 난쟁이 지신地神들이 꼭 끼는 갈색 장의長衣에 흰색 펠트 모자를 쓰고 서 있는 것처럼 보인다. 바람에 날려 온 눈에 덮여 기둥은 잘 보이지도 않는 작은 다리들만이 우리가 지금 운하를 건너고 있다는 사실을

짐작하게 해준다. 운하는 완전히 결빙된 채, 눈에 덮여 있다. 이 내 큰 전나무 숲 하나가 나타나는데, 그 가장자리에는 몇 개의 트라트키르tratkir(식당)와 찻집들이 서 있다. 대개는 밤에, 수은 주가 가장 낮은 지점으로 떨어지는 날씨에, 사람들이 섹스 파티를 하러 섬에 가기 때문이다.

커튼처럼 어둡게 드리워진 전나무들 사이로 나 있는 그 백색의 오솔길만큼 아름다운 것은 없다. 광택을 지운 얼음 위에 나 있는 다이아몬드 줄처럼, 희미한 썰매 자국이 보인다. 며칠 전부터 가지 위에 쌓였던 눈이 바람에 흔들려 떨어지는 바람에, 노련한 화가가 화면에 강조해 놓은 하이라이트들처럼 빛나는 눈덩이들 몇 개가 어두운 녹음 위에 드문드문 남아 있다. 원주 기둥처럼 길게 뻗은 전나무 둥치들은 낭만주의자들이 숲을 자연의 사원이라고 부른 이유를 알게 해준다.

1~2피트나 쌓인 눈길에서 보행자를 본다는 건 불가능한 일이다. 기나긴 가로에서 우리는 서너 명의 남녀 농부들밖에 보지 못했다. 농부들은 양가죽 상의를 뒤집어쓴 채, 깊은 눈 속에 가죽 장화나 펠트 장화를 푹푹 박아 넣으며 걸어갔다. 사람들과 엇비슷한 수효의 검은색 개들이 파우스트의 개처럼 주위를 선회하며 달려갔다. 개들은 서로에게 다가가 개들끼리의 유대를 나타내는 만국 공통의 몸짓을 하기도 했다. 유치해 보일지도 모르지만, 우리가 그 개들에 이렇게 주목하는 이유는 상트페테르부

르크에 개가 드물기 때문이다. 그래서 개들은 특별히 눈에 띈다.

섬의 이 지점은 크레스토프스키라는 곳인데, 예쁜 오두막 별장촌이 위치해 있다. 성수기가 되면 대개 독일인 가족들이 그곳에 와서 머물다가 간다. 러시아인들은 목재로 건축물을 짓는 솜씨가 뛰어나다. 그들이 전나무를 다듬는 솜씨는 티롤_{알프스 산간에} _{위치한 역사적 지역} 사람들이나 스위스 사람들보다 최소한 못하지는 않다. 도끼와 톱을 즉흥적으로 사용하여, 그들은 전나무를 재료로 자수, 레이스, 소용돌이, 꽃무늬를 비롯한 온갖 종류의 장식물들을 만들어 낸다. 스위스-모스크바 양식으로 만들어진 크레스토프스키의 오두막들은 아주 매력적인 여름 별장임에 틀림없다. 발코니라기보다 트인 방 형태의 나지막한 테라스처럼 보이는 커다란 발코니가 2층의 전면을 온통 차지하고 있다. 6월이나 7월의 기나긴 낮 시간 동안, 사람들은 꽃과 관목들로 둘러싸인 그 테라스에서 시간을 보낸다. 여덟 달 동안 따뜻한 온실 속에 갇혀 지내다가 마침내 야외 생활의 달콤함을 누리기 위해, 사람들은 그곳에 피아노, 테이블, 소파를 내놓는다. 네바 강이 녹고 날씨가 화창해지면, 곧바로 이사철이 시작된다. 가구들을 실은 짐마차들의 기나긴 행렬이 상트페테르부르크에서부터 섬의 별장들까지 이어진다. 그러다가 낮이 짧아지고 저녁 기온이 떨어지기 시작하면, 다시 시내로 돌아간다. 전원주택들은 다음해 여름까지 문을 닫지만, 목제 레이스들을 은세공품으로 바꾸어 놓은 눈 덕분에 여전히 아름답다.

좀더 길을 가면, 머지않아 커다란 숲속의 빈터에 이르게 되는데, 프랑스에서는 러시아식 산이라고 부르고 러시아에서는 얼음산이라고 부르는 놀이기구를 그곳에서 볼 수 있다. 왕정복고 초기에 러시아식 산들은 파리에서 선풍적인 인기를 끌었는데, 벨빌과 그 밖의 여러 공원에 만들어졌다. 그러나 기후 차이 때문에 구조물을 만드는 방식이 달라질 수밖에 없었다. 바퀴 달린 수레들이 급경사 레일 위를 미끄러지다가, 강한 추진력에 의해 출발 지점보다는 낮은 평지까지 밀려 올라가는 방식이었다. 이따금 수레들이 탈선하는 바람에 드물지 않게 사고가 일어났고, 결국 그 위험한 오락은 사라지게 되었다. 상트페테르부르크의 얼음산들은 플랫폼이 달린 간이 정자 형태를 하고 있다. 사람들은 목제 계단을 통해 그 정자로 올라간다. 내려올 때는 양옆에 가장자리 테두리가 있고 굵은 기둥으로 밑을 떠받친 널판을 이용하는데, 처음에는 급경사 커브를 그리다가 조금씩 완만해진다. 널판에 여러 차례 반복해서 물을 뿌려 주는데, 물이 얼면서 널판이 얼음처럼 반질반질한 미끄럼틀로 변한다. 이웃 정자의 활주로는 적당히 떨어져 있기 때문에 위험한 충돌사고는 일어나지 않는다. 썰매 하나에 서너 명이 함께 타고 내려오는데, 썰매꾼이 뒤에서 잡고 썰매를 조종한다. 또는 작은 썰매에 한 사람만 타고, 손과 발과 막대기로 썰매를 조종하면서 빠른 속도로 내려오기도 한다. 대담한 사람들은 빠른 속도로 내려오다가 엎어지면서 거꾸로 처박히기도 하고, 보기에 아찔한 자세를 취하기도 하지만, 실제로 그렇게 위험하지는 않다. 러시아 사람들은 어렸을 때부터 그 놀이를 즐기고, 그래서 러시아 민족 특유의 그 놀이에 아주 능숙하다. 그 놀이를 통해 러시아인들은 살을 에는 추위 속에서 극단적인 속도의 즐거움을 맛본다. 그 즐거움은 전적으로 북구적인 것이어서, 따뜻한 지방에서 온 외국인으로서는 선뜻 납득하기 어렵지만 이내 이해할 수 있게 되는 감정이다.

연극 구경이나 파티를 마치고 나오는데, 눈이 빻아 놓은 대리석처럼 빛을 발하거나 달빛이 맑고 차갑게 빛날 때면, 또는 달 대신에 별들이 서릿발처럼 생생하게 반짝일 때면, 청춘 남녀들은 편안하고 따뜻한 숙소로 돌아가는 대신에 섬으로 야식을 먹으러 가는 일이 자주 있다. 트로이카에 올라타면, 세 마리의 말을 펴진 부챗살 형태로 맨 그 날랜 썰매는 방울 소리와 함께 은빛 눈가루를 날리며 출발한다. 잠들었던 여인숙 주인을 깨우면 여인숙에 불이 들어오고, 이내 사모바르^{러시아식 주전자}를 데우고 클리코 샴페인을 차갑게 식히는 일 따위가 시작된다. 이윽고 캐비어, 햄, 정어리 안심, 들꿩 냉육, 작은 케이크들이 식탁에 차려진다. 한 조각 집어먹기도 하고 여러 가지 술로 입술을 적셔 가면서, 사람들은 웃고, 떠들고, 담배를 피운다. 후식은 농부들이 작은 등으로 밝혀 주는 얼음산 꼭대기에서 굴러 내려오는 것이다. 그러다가 새벽 두세 시경에 시내로 돌아온다. 빠른 속도의 소용돌이, 날것 그대로의 차갑고 신선한 공기 속에서, 그들은 추위의 쾌감을 만끽한다.

추위는 그저 지겨울 뿐이라고 주장하면서 "지독한 추위"라는 말조차도 견디지 못하는 메리고티에의 친구이자 시인·작가였던 조제프 메리를 가리키는 듯하다는, 차가운 안개 때문에 소름이 돋아 있는 이 글을 읽으며 추위에 딱딱 이를 맞부딪치고 외투를 하나 더 껴입을지도 모르겠다! 그러나 추위는 쾌감이고, 신선한 도취이고, 백색의 현기증이다. 누구보다 추위를 많이 타는 우리도 북구 사람들처럼 이제 막 그 쾌감을 맛보기 시작한 셈이다.

혹한의 얼얼함이 당신의 손가락에서 러시아의 겨울에 대한 이 차디찬 묘사의 글을 떨어뜨리지 않았다면, 그리고 그 지독한 추위와 대면해 볼 용기가 당신에게 있다면, 따뜻한 차 한 잔을 마신 뒤에 우리와 함께 네바 강을 한 바퀴 둘러볼 것을 권한다. 그리고 자신들에게는 그곳이 상트페테르부르크에서 유일하게 적당히 선선한 장소라는 듯이, 네바 강 한복판에 정착한 사모예드시베리아 유목민들의 야영지도 찾아가 보자. 그 극지의 사람들은 마치 흰곰 같다. 그들에게 영하 12도나 15도는 완전히 봄날이어서, 오히려 더위에 숨을 헐떡거린다. 그들의 이주는 아주 불규칙하고, 그 까닭이나 목적이 무엇인지도 알려져 있지 않다. 그들은 이미 몇 해 전부터 상트페테르부르크에 모습을 나타내지 않고 있었는데, 우리가 차르의 도시에 머무는 동안에 그들이 그곳에 온 것은, 우리 입장에서는, 그야말로 행운이다.

우리는 팔코네의 표트르 대제 동상을 일별한 뒤에, 행인들의 발길로 미끌미끌해진 눈 위로 해군성 언덕길을 따라 네바 강으로 내려간다. 표트르 대제 동상은 흰 가발을 쓴 것처럼 서리에 덮여 있고, 청동제 말은 핀란드산 화강암 받침대 위에서 균형을 잡느라 용을 쓰고 있다. 사모예드들의 오두막 주위로 몰려든 구경꾼들이 하얗게 눈 덮인 네바 강 위에 검은색의 원을 그리고 있다. 우리는 양가죽 상의 차림의 농부와 회색 군용 외투를 입은 군인 사이로 비집고 들어가, 한 여인의 어깨 너머로 가죽 천막을 구경한다. 얼음에 말뚝들을 박고 그 위에 걸쳐 놓은 천막은 마치 꼭짓점이 위로 가도록 뒤집어 놓은 커다란 종이 원뿔 같다. 네 발로 기어야 드나들 수 있을 것 같은 낮은 입구를 통해, 남자들이거나 여자들일지도 모르는 모피 꾸러미들이 어둠 속에서 희미하게 모습을 드러낸다……. 밖에는 가죽 몇 개가 줄에 널려 있고, 스키들이 드문드문 얼음 위에 흩어져 있다. 썰매 옆에 선 사모예드 한 사람이 사람들의 호기심 어린 눈길을 기분 좋게 받아 주고 있다. 안쪽에 털이 있는 허름한 가죽옷을 입었는데, 파스-몽타뉴방한모의 일종라 불리는 뜨개질 모자나 챙 없는 투구처럼 안면 부위를 드러내는 두건과 잘 어울린다. 엄지손가락만 달려 있고 공기가 통하지 않게 소매 부위를 완전히 덮는 커다란 장갑,

끈으로 조인 두툼한 흰색 펠트 장화가 의상을 마무리하고 있다. 우아한 복장이라고는 할 수 없겠지만, 추위를 완벽하게 차단해 줄 뿐 아니라 개성 또한 없지 않다. 색깔은 원시적인 방식으로 부드럽게 무두질한 가죽의 원래 색깔 그대로이다. 두건으로 둘러싸인 얼굴은 햇빛에 그을고 찬 공기에 빨갛게 얼어 있다. 광대뼈는 불거지고, 코는 납작하고, 입은 크고, 금빛 속눈썹이 달린 눈은 회갈색이다. 그렇지만 전체적으로 추해 보이지는 않고, 우울하고 지적이고 부드러운 느낌을 준다.

사모예드들의 생업은 네바 강 위에서 순록들이 끄는 자신들의 썰매에 사람들을 태워 주고 돈 몇 푼을 받는 것이다. 초경량의 썰매로, 여행객이 앉을 수 있게 모피 조각을 깐 의자 하나가 달려 있을 뿐이다. 사모예드는 썰매 옆에 목제 스키를 타고 서서 채찍으로 순록의 속도를 높이거나 방향 전환을 하게 한다. 썰매에는 보통 순록 세 마리를 매거나 두 마리씩 짝을 지워 네 마리를 맨다. 가느다란 다리와 사슴뿔이 달린 그 귀엽고 허약해 보이는 짐승들이 얌전히 달리면서 무거운 짐을 끄는 것을 보면 참으로 신기하다. 순록들은 아주 빨리 달린다. 그런데 사실은 동작이 아주 신속하고 민첩하기 때문에 빨리 달리는 것처럼 보일 뿐이다. 작은 짐승이어서, 오를로프 종의 속보마라면 쉽사리 순록을 추월해 버릴 것이다. 주행거리가 길어지면 더욱 그렇다. 그 가벼운 썰매들이 네바 강 위에서 커다란 원을 그리며 도는 모습은 정말 멋지다. 썰매들은 강 표면에 희미한 줄을 남기며 나아가다가 출발점으로 되돌아온다. 전문가들에 의하면, 날씨가 너무 따뜻해서(영하 8~9도) 순록들이 제 능력을 충분히 발휘하지 못한다고 했다. 실제로 썰매를 끌고 난 순록 한 마리가 숨을 헐떡거리자, 사람들은 순록이 기운을 되찾게 몸에 눈을 뿌려 주었다.

그 썰매와 순록은 환상적인 노스텔지어와 함께 우리의 상상력을 그들의 차디찬 고향으로 이끌어 갔다. 햇빛을 찾아다니며 인생을 보냈던 우리가 추위에 대한 기이한 사랑에 사로잡힌 느낌이었다. 극지의 아찔한 매력이 마술과 같은 강한 효과를 내는 바람에, 상트페테르부르크에서 해야 할 중요한 일만 없었더라면 아마 우리도 사모예드들과 함께 떠났을지도 모른다. 북극광에 둘러싸인 극지를 향해 전속력으로 달려갔다면 얼마나 즐거웠을까! 서리에 덮인 전나무 숲, 반쯤 파묻힌 자작나무 숲, 빛나는 눈 위로 펼쳐진 순백의 거대한 공간을 차례차례 가로지르며! 은빛 색조 때문에 마치 달나라에라도 온 것 같은 그 낯선 땅에서, 아무것도 썩지 않고 죽음조차도 부패하지 않는 그 강철처럼 차갑고 생생하고 날카로운 공기를 가로지르며! 서리에 덮여 반들반들해진, 눈에 반쯤 파묻힌 그 천막 밑에서 며칠이라도 살아보고 싶은 심정이었다. 천막 옆에서는 순록들이, 드물지만 이끼 같은 것이라도 찾아보려고, 발로 눈을 긁어 댈 것이다. 다행히도 사모예드들은 어느 이른 아침에 떠나갔고, 그들을 다시 보기 위해 우리가 네바 강에 갔을 때에는 천막이 있던 자리의 거무스름한 원만 바닥에 남아 있었다. 그들과 함께 우리의 강박적인 욕망도 사라졌다.

네바 강 이야기가 나왔으니, 강을 뒤덮은 두꺼운 얼음에서 잘라낸 얼음 덩어리들이 여기저기 바위들처럼 쌓인 채 주인을 기다리고 있는 독특한 풍경도 소개해야겠다. 그 모습은 마치 채굴 중에 있는 수정 광산이나 다이아몬드 광산 같다. 그 투명한 입방체들이 햇빛을 받으면 기이한 프리즘 현상이 일어나고, 온갖 무지개 빛깔이 한꺼번에 나타난다. 얼음 덩어리들이 쌓여 있는 어떤 장소들에서는, 특히 지평선에 진홍빛 줄무늬가 만들어지는 저녁에 푸르스름한 황금빛 하늘 가장자리로 해가 질 때면, 동화 속의 궁전이 무너진 것 같은 느낌을 받게 된다. 그 효과가 어찌나 놀라운지, 그 광경을 그림으로 그려 놓는다면 틀림없이 거짓이라거나 사실적이지 못하다는 비판을 받게 될 것이다. 강의 하상을 따라 만들어진, 기다란 눈의 계곡을 상상해 보시라. 붉은 빛과 푸르스름한 어둠 위로 거대한 다이아몬드들이 점점이 뿌려져 있고, 그 다이아몬드들로부터 폭죽처럼 뿜어져 나오는 불꽃들이 진홍빛 선을 그려 보이는 계곡 말이다. 물론 전경前景에는 얼음 속에 갇혀 있는 배, 산보객, 강을 가로지르는 썰매가 보이기도 한다.

어둠이 내린 뒤에 성채 쪽에서 돌아오는 길이라면, 여러분은 별들이 강을 가로질러 두 줄로 나란히 빛나는 광경을 보게 될 것이다. 트로이츠키 선교船橋 높이로 얼음 속에 박아 놓은 가로등들의 가스 불빛이다. 겨울에는 선교를 철거하는데, 결빙이 되는 순간부터 상트페테르부르크에서는 네바 강이 제2의 네프스키 대로가 되기 때문이다. 네바 강이 도시의 대동맥 역할을 하는 것이다. 혹한기에도 강으로 다니는 일이 거의 없는 온난한 지역에서 살아온 우리 같은 사람들에게, 마차나 썰매로 큰 강을 건너면서 약간의 두려움도 느끼지 않기란 어려운 일이다. 영국식 뚜껑문마술극장의 무대 바닥에 함정처럼 낸 문처럼 금방이라도 무너져 머리 위에서 다시 닫혀 버릴 것만 같은 수정 마루판 밑으로 깊은 강물이 조용히 흐르고 있으니까 말이다. 그러나 러시아인들의 무사태평한 태도를 보면 이내 안심이 된다. 하기야 2~3피트는 족히 되는 그 두꺼운 얼음 층이 무너지려면 엄청난 무게가 필요할 것이고, 강을 덮고 있는 눈 때문에 들판처럼 보이기도 한다. 마치 벽처럼 보이는 강둑을 따라 드문드문, 추위에 얼어붙은 채, 겨울잠을 자고 있는 몇 척의 배들 말고는 강과 뭍을 구별할 수 있게 해주는 것은 아무것도 없다.

네바 강은 상트페테르부르크의 신비한 권력자이다. 사람들은 네바 강에 경의를 표하고 성대한 축성 행사를 강물에 바친다. 네바 강의 세례식이라고 불리는 그 행사는 러시아력으로 1월 6일에 열린다. 우리는 어떤 고마운 후원자 덕분에 들어갈 수 있었

던 겨울궁전의 창문을 통해 그 행사를 지켜봤다. 혹한기임에도
불구하고 그날은 아주 따뜻한 날씨였다. 그러나 아직 기후에 익
숙해지지 않았던 우리로서는, 살을 에는 북풍이 쉼 없이 불어 대
는 차가운 강둑 위에 모자도 쓰지 않고 두세 시간을 서 있는 일
이 몹시도 고통스러웠을 것이다. 궁전의 넓은 방들이 명사들로
넘쳐 났다. 고관들, 대신들, 외교관들, 훈장과 번쩍거리는 장식들
을 단 장군들이, 정복 차림으로 줄지어 선 병사들 사이를 오가면
서 의식이 시작되기를 기다렸다. 우선 궁전의 예배당에서 성사
聖事가 치러졌다. 계단석 뒤쪽의 사람들 숲에서, 우리는 경의에
찬 호기심의 눈길로 동방의 신비스런 장엄함이 배어 있는 그 낯
선 경배 의식을 바라보았다. 사제는 수염과 머리를 기른 기품 있
는 노인이었는데, 이따금씩 정해진 때가 되면 시종 두 사람의 부
축을 받으면서 성소에서 문을 열고 나와, 늙었지만 여전히 뚜렷
한 목소리로 성구를 읊조렸다. 그는 동방박사처럼 머리에 관을
쓰고 금색과 은색이 어우러진 뻣뻣한 법의를 입고 있었다. 사제
가 노래하듯 송독을 하는 동안, 번쩍이는 금장식과 촛대들 사이
로 성소에 있는 황제와 황실 사람들의 모습이 보였다. 이윽고 문
이 다시 닫히자, 성사는 이코노스타시스성상이 그려진 벽의 화려한
베일 뒤에서 계속 이어졌다.

    금장식을 두른 연분홍색 벨벳 예복 차림의 예배당 성가대가
러시아 합창단 특유의 정확함으로 찬송가에 화음과 배음을 넣

었다. 그 찬송가들 속에는 이제 그리스에서는 사라져 버린 음악의 오랜 테마들이 숱하게 들어 있는 것 같았다.

미사가 끝나자 행렬이 움직이기 시작했고, 네바 강의 세례식 혹은 축성식을 거행하기 위해 궁전의 여러 방들을 가로질러 갔다. 예복 차림의 황제와 대공들, 금은색의 화려한 비단 법의와 비잔틴 스타일의 아름다운 사제복을 입은 사제, 다양한 복장의 장군들과 고위 관리들이 방마다 가득 줄지어 선 군중들 사이로 지나가며 장엄하고도 엄숙한 광경을 연출했다.

겨울궁전 맞은편의 네바 강 위, 궁전에서부터 양탄자를 깔아 놓은 언덕길 끝의 강둑 근처에, 예배당처럼 보이는 작은 건물이 하나 세워져 있었다. 푸른색의 철골 구조로 된 둥근 지붕을 작은 원주 기둥들이 떠받치고 있었고, 지붕에서부터 후광을 두른 성령 장식이 드리워져 있었다.

돔 아래쪽의 기단基壇 한가운데에, 네바 강의 강물과 연결된 우물 하나가 난간에 둘러싸인 채 입을 벌리고 있었다. 그 지점의 얼음을 깨어 놓은 것이다. 드문드문 간격을 두고 한 줄로 늘어선 병사들이 예배당 건물 주위에 꽤나 넉넉한 빈 공간을 만들어 놓았다. 철모는 벗어서 옆에 둔 채, 눈 속에 맨머리로 서 있는 그 병사들은 마치 표지판 말뚝들처럼 전혀 미동도 하지 않았다.

궁전의 창문들 밑에서는 황제 호위대의 시르카시아, 레스긴, 체르케스, 코사크 기병들이 탄 말들이 제자리에서 발을 구르고 있었다. 히포드롬이나 오페라 극장도 아닌데, 문명 도시의 한복판에 중세의 전사들처럼 투구와 쇠사슬 갑옷 차림에 활과 화살로 무장한 전사들이 있다는 사실이 낯설게 느껴졌다. 그들의 동방풍의 옷차림, 안장으로 얹은 페르시아 양탄자, 코란 구절이 새겨진 다마스 검을 보고 있노라면, 마치 칼리프나 에미라의 기마행렬을 보고 있는 듯한 착각이 들었다.

그들의 오만하고 호전적인 생김새, 사내다운 야생의 순수함, 날씬하고 유연하고 활력이 넘치는 신체, 의상과 어울리는 우아한 몸가짐! 그들이 입은 의상의 독특한 재단과 풍부한 색감은 인간의 아름다움을 너무나도 잘 드러내 준다! 소위 야만족이라 불리는 사람들만이 유일하게 옷을 제대로 입을 줄 안다니, 참으로 이상한 일이다. 문명인들은 옷에 대한 감각을 완전히 상실해 버렸다.

행렬이 궁전을 벗어났고, 우리는 창문의 이중창을 통해 황제, 대공들, 사제들이 예배당 건물로 들어가는 모습을 볼 수 있었다. 예배당은 이내 사람들로 가득 차서, 우물 입구에서 의식을 거행하는 성무 집행자들의 움직임이 불편해 보일 정도였다. 강의 맞은편, 증권거래소 강둑에 줄지어 선 대포들이 마지막 순간에 연속적으로 포를 쏘았다. 푸르스름한 빛깔의 거대한 연기 덩어리가 한 줄기 섬광과 함께, 새하얀 양탄자 같은 강의 표면과 희뿌연 하늘 사이로 피어올랐다. 이윽고 폭발음에 창문들이 뒤흔들렸다. 일정한 간격으로 뚜렷하게, 폭발음이 이어졌다. 모든 강한 것이 그렇듯이, 대포에는 뭔가 두렵고, 엄숙하고, 그러면서도 즐거운 구석이 있다. 전장에서 포효하는 대포의 울림은 축제와도 잘 어우러진다. 대포는 종鐘이나 포가 없었기에 옛사람들은 알지 못했던 즐거움의 요소, 즉 소음을 축제에 덧붙여 준다. 소음만이 대군중 속에서도 말을 할 수 있고, 거대한 공간 한복판에서도 사람들의 귀에 들린다.

의식이 끝이 났다. 그러자 병사들이 열을 지어 지나갔고, 구경꾼들도 평화롭게 흩어졌다. 세상에서 가장 평온한 군중인 러시아 군중답게, 혼잡도 소동도 없었다.

네바 강의 경마

"뭐예요! 바로 숙소로 돌아가는 거 아닌가요?" "맞아, 이런 날씨에 이렇게 오랫동안 사람들을 바깥으로 끌고 다니다니! 사람들 귀와 코를 얼게 만들려고 작정이라도 했소?" "우리는 여러분께 '러시아의 겨울'을 경험하게 해주겠다고 약속 드렸고, 그 약속을 지키는 중입니다. 게다가 오늘은 기온이 영하 7~8도도 안 되니, 거의 봄 날씨지요. 네바 강에서 야영하던 사모예드들도 날씨가 너무 따뜻해서 떠날 수밖에 없었어요. ── 그러니 걱정은 잡아 매시고 용감하게 우리를 따라오세요. 트로이카의 말들이 문 앞에서 발을 굴러 가며 조바심을 내고 있잖아요."

오늘은 네바 강에서 경마가 벌어지는 날이다. 북쪽 지방 특유의, 우아하고 까다롭고 괴상한 그 스포츠를 구경할 수 있는 기회인데, 결코 놓칠 수는 없다. 또한 프랑스나 영국의 스포츠 못지않게 사람들을 열광시키는 스포츠이기도 하다.

알렉산드르 1세 기념탑은 이집트의 거대한 건축물들보다도 덩치가 큰 붉은색 화강암 덩어리이다. 장애물 경주라도 열린 것처럼 온갖 유형의 멋진 마차들이 한꺼번에 달려갈 때면, 기념탑이 서 있는 광장과 연결된 거리들과 네프스키 대로는 파리의 샹

젤리제 거리 못지않게 생동감 있는 장관을 연출한다.

각자 다른 보조로 부챗살 형태를 이루며 달리는 세 마리 말에 이끌려 트로이카들이 가벼운 방울 소리와 함께 지나간다. 앞발을 높이 들어 올리며 전속력으로 달리는 말들에 이끌려 철제 스키를 단 썰매들이 활주한다. 푸르스름한 빛깔의 모피 외투에 네 자락을 늘어뜨린 벨벳 모자를 쓴 마부들이 말들을 다루느라 애를 먹고 있다. 말 두 마리가 끄는 4인승 썰매들, 베를린형 4인승 마차들, 바퀴를 떼어낸 자리에 끝이 말려 올라간 철제 스키를 단 포장 사륜마차들이 조급증에 사로잡힌 무리들처럼 같은 방향으로 질주한다. 이따금, 눈막이용 가죽을 활대의 돛처럼 씌운 구식 러시아 썰매가 보이기도 한다. 옆의 마차들에게 하얀 눈가루를 튕겨 가면서, 갈기가 헝클어진 작은 말이 속보마들 옆을 전속력으로 달리며 복잡한 미로 속을 요리조리 잽싸게 빠져 나간다.

파리에서라면 엄청나게 시끄러운 소음이 발생했을 것이다. 그러나 상트페테르부르크에서 그 광경은 그저 소란스러워 보일 뿐이다. 눈이 도로 표면과 마차 사이에서 솜 양탄자 역할을 하면서 소리를 죽여 버리기 때문이다. 겨울이 매트리스를 깔아 놓은 길 위에서, 스키의 날은 기껏해야 다이아몬드로 유리창에 줄을 긋는 정도의 소음만을 낸다. 농부들은 채찍 소리를 내지 않고, 모피로 몸을 휘감은 주인들은 말이 없다. 말을 하면, 파뉘르주가 북극 근처에서 본 상스러운 단어들처럼, 단어들이 이내 얼어붙어 버릴 것 같기 때문이다. 그래서 그 모든 움직임들이 침묵의 소용돌이 속에서 소리 없는 동작과 함께 이루어진다. 비슷한 예를 찾기 어렵지만, 운하의 도시 베네치아가 주는 느낌과 비슷한 데가 있다.

보행자는 드물다. 펠트 장화 덕분에 눈 치운 보도 위를 걸어 다닐 수 있는 농부들 말고는, 러시아에서는 아무도 걷지 않기 때문이다. 그나마 보도는 빙판이 되어 위험한 경우가 많은데, 어쩔 수 없이 나무창을 댄 구두를 신었을 때에는 특히 그렇다.

해군성과 겨울궁전 사이에 강둑에서 네바 강으로 내려가는 널판이 위치해 있다. 그 지점에서, 여러 줄로 달려가던 썰매들과 마차들은 속도를 늦출 수밖에 없다. 심지어 완전히 정지하여 차례를 기다려야 할 때도 있다.

그렇게 잠시 멈추어 선 순간을 이용하여 우리 주위의 남녀들을 한번 살펴보기로 하자. 남자들은 외투에 군용 모자를 썼거나 비버 등피로 만든 챙 없는 모피 모자를 썼다. 중절모는 드물다. 자체 보온이 안 되는 데다가, 챙 때문에 모피 깃을 세울 수가 없어서 머리 아랫부분이 차가운 칼바람에 그대로 노출되기 때문이다. 그러나 여자들은 옷을 덜 껴입는다. 여자들은 남자들에 비해 훨씬 추위를 덜 타는 모양이다. 검은담비 모피나 시베리아 산 푸른 여우 모피를 덧댄 검은색 새틴 외투와 토시를 빼면, 전체적으로 멋쟁이 파리 여자들의 외출복과 비슷한 차림이다. 추위에도 붉어지지 않는 흰 목덜미가 털목도리 밖으로 그대로 드러나 있고, 머리에는 프랑스식의 우아한 차양 모자를 썼을 뿐이다. 머리채는 챙 밑으로 드러나 있고, 머리 뒤를 덮는 천도 목덜미를 별로 가려 주지 못한다. 인사를 하는 것조차 위험한 행동이 될 수 있는 이 추운 나라에서, 유행을 따르는 즐거움, 풍성한 머리채를 드러내는 즐거움을 좇다가 그 용감한 여인들이 비염이나 관절염, 류머티스에 걸리지나 않을까 하고, 우리는 못내 걱정스러웠다. 멋 부리기의 열정으로 달아오른 여인들은 전혀 추위를 타지 않는 모양이다.

드넓은 땅을 가진 러시아에는 다양한 종족들이 살고 있고, 여성미의 유형도 아주 다양하다. 그래도 몇 가지 특징적인 용모로, 극도로 하얀 피부, 청회색 눈, 금발 또는 밤색의 머리, 7~8개월이나 되는 긴 겨울 동안의 칩거와 운동 부족에서 비롯된 통통함 등을 꼽을 수는 있다. 러시아의 미인들을 보면, 북방의 정령 때문에 온실에 갇혀 지내는 오달리스크터키 황제의 시중을 들던 궁녀라는 생각이 떠오른다. 눈이나 콜드크림처럼 흰 얼굴에 동백꽃의 붉은 기운이 살짝 감도는 것이, 항상 베일을 쓰고 있어서 피부에 햇빛을 쐬어 본 적이 없는 하렘터키 궁전에서 여인들이 기거하던 곳의 여인들 같다. 그들의 섬세한 용모는 얼굴의 흰 바탕 위에서 마치 달 표면의 선들처럼 반쯤 지워져 버린다. 그리고 그 뚜렷하게 드러나지 않는 선들이 극지의 부드러움과 우아함을 지닌 얼굴 표정을 만들어 낸다.

우리의 이런 묘사를 반박이라도 하듯, 우리가 탄 트로이카 옆에 멈추어 선 썰매 안에서 전형적인 남방 미인 하나가 광채를 발하고 있다. 부드러운 검은색 속눈썹, 매부리코, 긴 타원형 얼굴, 갈색의 얼굴빛, 석류처럼 붉은 입술…… 순수 카프카스 인종에 속하는, 어제까지도 회교도였을지 모르는 시르카시아 여인이다. 여기저기서 볼 수 있는, 약간 째지고 관자놀이 쪽이 치켜 올라간 눈들은 러시아 여인들이 중국 여인들과 약간 닮은 구석이 있다는 사실을 상기시켜 주기도 한다. 또한 귀여운 핀족 여인들의 청록색 눈동자와 연한 금발, 붉은 기가 도는 흰 얼굴빛은 북방의 또 다른 전형을 보여 주면서, 오데사^{우크라이나 서남부의 도시}의 아름다운 그리스 여인들과 대조를 이룬다. 이 그리스 여인들은 반듯한 코의 윤곽, 비잔틴의 성모 마리아 상을 닮은 크고 검은 눈을 보면 금방 알 수 있다. 그 모두가 함께 어우러져 멋진 조화를 이루고, 썰매나 마차에 던져 두는, 백곰 가죽을 덧씌운 모피 더미 속에서 아름다운 얼굴들이 겨울 꽃처럼 고개를 내민다.

예전에 파리의 시르크 올랭피크^{19세기 초에 파리에 등장한 서커스 극장}에서 원형극장으로 내려가던 사람들처럼, 우리들은 강둑의 청동 사자상들 사이로 경사진 넓은 널판을 지나 네바 강으로 내려간다. 얼음이 녹아서 강물 위로 숱한 소형 보트들이 떠 다닐 때면, 사자상들의 좌대가 바로 선창의 경계를 이룬다.

그날의 하늘은 기온이 영하 18~20도까지 내려갈 때처럼 청명한 푸른빛이 아니었다. 아주 부드럽고 섬세한 청회색 빛 안개가 눈을 잔뜩 머금은 채 거대한 덮개처럼 도시를 뒤덮고 있었다. 안개가 종탑들, 황금빛 원주 기둥들, 첨탑들을 내리누르고 있는 것처럼 보였다. 그 생동감 없고 고즈넉한 색조 덕분에 밝은 색톤에 약간의 은색이 곁들여진 건물들의 진가가 고스란히 살아났다. 눈사태로 반쯤 메워진 계곡처럼 보이는 강의 맞은편에는 증권거래소의 고전적인 건축물 옆으로 붉은 화강암 전승기념탑들이 치솟아 있었다. 섬의 끄트머리, 네바 강이 두 갈래로 갈라지는 지점에는 성채의 첨탑이 늠름하게 황금빛 모서리를 치켜세우고 있었는데, 하늘의 회색빛 색조 때문에 한층 더 생기 있어 보였다.

얼음에 박은 말뚝과 전나무 가지로 만든 인공 철책에 줄을 묶어 표시한 주로走路, 판자를 깐 관람석과 함께 경마장의 전경이 강을 가로지르며 펼쳐져 있다. 엄청나게 많은 사람들과 마차들이 몰려들었다. 노천 관람석의 추위 속에 꼼짝 않고 있는 것도 특권이라고 한다면, 관람석은 특권자들의 차지이다. 경마장 주위에는 두세 줄로 늘어선 썰매들, 트로이카들, 사륜마차들, 간단한 짐마차들과 좀더 원시적인 형태의 다른 마차들까지 한꺼번에 모여들어 온통 북새통을 이루고 있었다. 강바닥은 모든 사람의 소유이고, 그 대중적인 즐거움을 제한하는 것은 아무것도 없는 듯했다. 좀더 잘 보려고, 남자들과 여자들은 마부를 불러 좌석이나 보조의자 위로 올라갔다. 울타리에서 좀더 가까운 곳에는 양가죽 외투와 펠트 장화 차림의 농부들, 회색 군모를 쓴 병사들, 그리고 더 좋은 자리를 찾지 못한 그 밖의 다른 사람들이 자리를 잡고 있었다. 네바 강의 얼음판 위에 개미들처럼 까맣게 모여든 그 사람들의 무리가, 적어도 우리에게는, 몹시 불안하게 느껴졌다. 왜냐하면 기껏해야 2~3인치 두께의 얼음판 밑으로 런던 교 근처의 템즈 강만큼이나 크고 깊은 강물이 흐르고, 수천 명의 구경꾼들과 수많은 말들, 온갖 종류의 마차 장비들이 한꺼번에 그 얼음판을 짓누르고 있다는 사실을 아무도 괘념치 않는 것처럼 보였기 때문이다. 그러나 러시아의 겨울은 신실해서, 속임수를 써서 영국식 뚜껑문 속으로 군중들을 삼켜 버린 적이 결코 없다.

경마장 밖에서는 마부들이 아직 경주를 하지 않은 경주마들을 끌고 가거나, 시합을 마친 말들의 열기를 서서히 식혀 주려고 페르시아 양탄자를 몸에 씌워 산보를 시키고 있었다.

경주로는 긴 타원형에 가까웠다. 그래서 썰매들은 같은 선상에서 출발하지 않고, 서로 간에 앞뒤로 일정한 간격을 둔 상태에서 출발한다. 상대적으로 속도가 좀더 빠른 속보마들의 경우에는 그 간격이 좀더 좁아진다. 예컨대 두 대의 썰매는 관람석 맞은편에서, 다른 두 대의 썰매는 타원의 꼭짓점 부근에서 출발 신호를 기다리는 식이다. 때로는 말을 탄 남자가 속보마 옆에서 함께 달리면서, 속보마가 경쟁에서 잠재적인 모든 능력을 발휘할 수 있도록 독려하기도 한다. 썰매를 끄는 말은 속보로만 가야 하지만, 때로는 그 속도가 너무 빨라서 옆에서 전속력으로 달리는 말이 따라가기 힘들 때도 있다. 일단 출발하고 나면, 진행자는 말들이 마음껏 내달리게 내버려 둔다. 자기 말의 지구력을 믿는 많은 마부들은 그런 방식을 별로 좋아하지 않아서, 자기들끼리 무리를 지어 따로 달린다. 흥분하여 여섯 발걸음이 넘게 뛰어가는 속보마들은 실격 처리된다.

눈을 치워서 어두운 색의 유리 막대처럼 보이는 매끈한 얼음판 위로, 엄청난 가격이 나가기도 하는 훌륭한 말들이 달려가는 모습은 그야말로 장관이다. 말의 진홍빛 콧잔등에서는 하얀 입김이 길게 뿜어져 나오고, 안개처럼 뿌연 열기가 옆구리를 감싸며, 꼬리는 다이아몬드 빛 가루를 뿌려 놓은 듯하다. 편자에 박힌 못들은 매끄럽고 미끈한 얼음 표면을 파고들고, 말들은 공원의 잘 다져진 오솔길을 가듯이 아무런 거리낌도 없이 공간을 질주한다. 마부들은 몸을 한껏 뒤로 젖힌 상태에서 있는 힘을 다해 고삐를 움켜잡고 있다. 힘찬 말들이 턱없이 가벼운 무게를 끌고 가는 상황에서, 더군다나 전속력으로 달리지도 말아야 하는 상황에서, 말들에게 필요한 것은 채찍질이 아니라 너무 속도를 내지 못하게 막는 것이기 때문이다. 게다가 말들은 그 팽팽한 긴장에서, 오히려 전속력으로 내달릴 수 있는 지렛대의 역할을 발견하기도 한다. 마치 제 무릎을 깨물기라도 할 것처럼 앞다리를 들어 올리며 전속력으로 달리는 말들의 발걸음은 얼마나 경이로운가!

참가자들에게 나이나 체중의 특별한 제한은 없는 모양이었다. 적어도 우리가 본 바로는, 메트로놈으로 측정하여 일정한 시간에 일정한 속도를 낼 수만 있으면 그것으로 족한 것 같았다. 말 한두 마리가 끄는 썰매와 트로이카가 대결하는 경우가 많았다. 탈것의 종류든 말을 매는 방식이든, 각자가 자기 마음대로 알아서 선택한다. 때로는 썰매를 타고 왔던 구경꾼이 자기도 한번 해보고 싶다는 생각에 충동적으로 경기에 참가하기도 한다.

우리가 보러 간 경주에서는 작은 사건이 하나 있었다. 도시로 월동 장작이나 냉동육을 가져오는 블라디미르 출신의 농부 하나가 군중들 틈에 끼어, 자기가 타고 온 촌스러운 트로이카 꼭대기에서 경주를 구경하고 있었다. 기름으로 번들거리는 양가죽 상의, 풀어진 낡은 털모자, 후줄근한 흰색 펠트 장화 차림에, 턱에는 텁수룩하고 윤기 없는 수염이 곱슬곱슬하게 자란 남자였다. 마차에 맨 세 마리 작은 말들도 몰골이 사나웠다. 곰처럼 털투성이인 험상궂은 모습에 갈기는 헝클어지고, 배 밑에는 고드름을 삐죽삐죽 매달고 있는 모습이 끔찍하게 더러웠다. 말들은 고개를 숙인 채 강바닥 위에 치쌓인 눈을 씹어 먹고 있었다. 첨

두홍예처럼 높다랗고 줄무늬와 지그재그 무늬로 불긋불긋 색칠을 한 두가가 그나마 마구 중에서는 가장 공을 많이 들인 부품이었다. 모르긴 해도 농부가 직접 낫으로 깎아서 만든 것 같았다.

그 원시적이고 촌스러운 마차는 경마장 근처에 운집해 있는 호화 썰매, 웅장한 트로이카, 우아한 마차들과 기묘한 대조를 이루었다. 숱한 야유와 조롱의 눈길들이 그 초라한 마차 위로 쏟아졌다. 사실, 화려한 마차들의 숲에서 그 마차는 마치 흰 담비 외투에 묻은 기름 얼룩 같았다.

털에 땀이 얼어붙어서 켜를 이룬 그 작은 말들은 뻣뻣하게 타래가 진 갈기 사이로 주위의 명마들에게 비굴한 눈길을 던지고 있었다. 짐승들도 궁핍은 경멸하는지, 주위의 말들도 무시하는 태도로 그 작은 말들과 거리를 두고 싶어 했다. 주위의 말들은 어두운 동공에 작은 불꽃을 일으키며, 예쁜 말굽으로 얼음을 굴렀다. 말굽과 연결된 다리는 독수리 깃털처럼 까슬까슬한 털로 덮여 있고, 섬세하고, 예민해 보였다.

농부는 마차 좌석 위에 올라서서 경주를 구경하고 있었는데, 속보마들의 훌륭한 솜씨에 별로 놀라는 것 같지 않았다. 때로 얼어붙은 턱수염 밑으로 미소를 짓기까지 했고, 회색빛 눈에서는 심술궂은 섬광이 빛나기도 했다. 농부는 마치 이렇게 말하는 것 같았다. "저 정도는 우리도 할 수 있는데."

갑자기 결정을 내린 듯, 농부가 경주에 참가하는 모험을 선택

했다. 보기 흉한 몽골의 세 마리 말들은, 마치 초원 지대의 초라한 말들의 명예가 자기들에게 달려 있다는 듯이, 자랑스럽게 고개를 끄덕였다. 그리고 채찍질을 할 필요도 없이 어찌나 빨리 달리는지, 다른 경쟁자들이 농부의 말들을 경계하기 시작했다. 세 마리 말은 작고 가는 다리로 바람처럼 달렸고, 결국 일 분 몇 초 차이로 순종 영국 말, 오를로프 종, 바르바리아 종을 비롯한 다른 모든 말들을 앞질러 버렸다. 농부가 촌스러운 자기 말들을 과대평가한 게 아니었던 셈이다.

상트페테르부르크의 인기 금은세공사 바이양이 조각을 넣은 멋진 은그릇이 농부에게 상으로 주어졌다. 대개는 조용하게 말이 없는 서민 관람객들에게 그의 승리가 열광적인 환호를 불러일으켰다.

경기를 마치고 나오자, 애호가들이 농부를 둘러싸더니 그의 말들을 사겠다는 제안을 했다. 3천 루블이라는 가격을 제시했는데, 농부로 보나 말들로 보나 실로 엄청난 금액이었다. 존경스럽게도, 농부는 완강하게 거절했다. 은그릇을 낡은 천으로 둘러싼 다음, 농부는 트로이카에 올라탔다. 그리고 올 때와 마찬가지로 다시 블라디미르로 돌아갔다. 자신을 잠시 상트페테르부르크의 유명인사로 만들어 준 사랑스러운 말들과 절대로 떨어지고 싶지 않았던 것이다.

경마가 끝이 나자, 마차들은 강바닥을 떠나 각자 도시의 여러 구역으로 돌아갔다. 네바 강과 강둑 사이의 난간을 오르는 말들의 모습은 스베르츠코프 같은 말 그림 전문 화가들에게는 아주 독특하고 흥미로운 그림 소재가 될 것 같았다. 급경사를 올라가느라, 말들은 목을 잔뜩 숙인 자세로 미끄러운 판자에 발톱을 박아 넣으며, 가느다란 발목 위에 전 체중을 실었다. 그 혼란스러운 광경은 아주 특이하고 생동감이 넘치는 광경이었고, 러시아 마부들의 능숙한 솜씨가 아니라면 위험할 수도 있는 광경이었다. 썰매들은 네다섯씩 들쑥날쑥 나란하게 줄을 지어 올라갔다. 우리는 여러 차례에 걸쳐, 조급증 때문에 앞발을 들어 올린 말의 뜨거운 입김을 목덜미에 느꼈다. 거칠게 제지당하지 않았다면, 그 말은 우리들 머리 위로 뛰어넘어 갔을 것이다. 은빛 재갈에서 떨어진 거품 방울이 얼음이 되어 모자 위에 떨어지는 바람에, 겁을 먹은 여인들이 작은 비명을 지르는 경우도 많았다. 마차들은 마치 네바 강의 화강암 강둑을 공격하는 전차 부대 같았고, 강둑은 성채의 흉벽처럼 보였다. 시끄러운 소동에도 불구하고 ── 마차 바퀴가 없어서 올라가기가 더 힘들다 ── 사고는 없었다. 이윽고 마차들은 파리 사람들이라면 겁을 먹을 맹렬한 속도로 뿔뿔이 흩어졌다.

바깥에서 두세 시까지 머물며 극지의 눈 위로 몰아치는 바람을 맞다가 방으로 돌아와 답답했던 외투와 나무창을 댄 구두를 벗은 다음, 고드름이 녹기 시작하는 수염을 닦고 시가 한 대를 피워 무는 것은 너무나 짜릿한 즐거움이다. 상트페테르부르크에서는 밖에서 담배를 피우는 것이 금지되어 있기 때문이다. 얼얼하게 감각이 없는 온몸을 난로의 미지근한 공기가 애무하듯 감싸자, 사지가 부드럽게 풀린다. 마지막으로 유리컵에 담긴 아주 뜨거운 차 한 잔이 —— 러시아에서는 차를 마실 때 찻잔을 쓰지 않는다 —— 영국 사람들이 흔히 말하듯, 사람을 아주 편안하게 만들어 준다. 몸을 움직이지 않는 바람에 중단되었던 혈액순환이 다시 시작되고, 우리는 집 안이 주는 쾌감을 만끽한다. 그것은 남유럽에서는 결코 느낄 수 없는 쾌감이다. 그러나 벌써 날이 어두워지기 시작한다. 상트페테르부르크에서는 밤이 일찍 오고, 3시경부터는 등불을 켜야 하기 때문이다. 지붕 위에서는 굴뚝들이 음식 만드는 연기를 뿜어낸다. 차르의 도시에서는 저녁식사 시간이 파리보다 이르기 때문에, 여기저기에서 화덕에 불을 피우는 것이다. 6시를 넘기는 법은 절대 없는데, 여행을 통해 영국이나 프랑스의 관습을 익힌 사람들의 집에서는 그보다 조금 더 늦어지기도 한다. 방금 우리는 식사 초대를 받았다. 몸단장을 하고, 검은색 정장에 외투를 걸친 다음, 속을 채운 묵직한 나무창 구두에 부드럽고 작은 장화를 다시 한번 밀어 넣어야 한다.

밤이 되면, 기온이 내려간다. 차가운 바람에 눈이 보도 위로 연기처럼 날린다. 썰매의 날 밑에서 길바닥이 날카로운 소리를 낸다. 안개가 걷힌 하늘 높은 곳에서는 크고 창백한 별들이 빛나고, 어둠에 묻힌 성 이사악 대성당의 돔 위에서는 꺼지는 법이 없는 성소의 등불처럼 금속 조각 하나가 빛을 발하고 있다.

우리는 외투 깃을 눈까지 끌어올리고, 썰매의 곰 가죽으로 무릎을 덮는다. 그리고는 30도에 달하는 아파트의 열기와 거리의 추위 사이에서 고통을 느낄 겨를도 없이, "나 프라바, 나 레바"(오른쪽! 왼쪽!)라는 엄숙한 외침 덕분에, 이내 우리를 초대한 집의 층계참 앞에 당도한다. 계단 밑에서부터 온실의 따뜻한 공기가 우리를 감싸면서 수염에 붙은 서리를 녹여 준다. 대기실에서는 여전히 군모를 쓰고 있는 퇴역 군인 출신의 나이 든 하인이 우리들의 외투를 건네받아, 벌써 빠짐없이 도착한 다른 손님들의 외투들 사이에 걸어 둔다. 시간을 정확하게 지키는 것이 러시아인들의 장점이다. 러시아에서는 루이 14세도 "내가 기다릴 뻔했군"*이라고 말할 기회는 없었을 것이다.

---

* 파티에 동행하기로 한 어느 귀족이 약속시간에 임박하여 도착하자 루이 14세가 싸늘하게 내뱉었다고 하는 말. 또는 마차를 기다리는 중이었다고도 한다.

겨울궁전의 무도회

이번에는, 우리 눈은 초대를 받았지만 우리 몸은 거기에 없었기에, 현장에 없으면서 눈으로 보기만 한 파티 —— 궁정의 무도회! —— 에 대해 이야기할 참이다. 투명인간처럼 남들에게는 보이지 않으면서, 우리는 모든 것을 보았다. 그렇다고 해서 우리가 손가락에 기게스의 반지**를 끼고 있었다거나 머리에 코발트의 푸른색 모자를 쓰고 있었던 것은 아니고, 어떤 다른 부적을 지니고 있었던 것도 아니다.

눈의 양탄자로 덮인 알렉산드린 광장에는 많은 마차들이 세워져 있었다. 파리의 마부들이나 말들이었다면 꽁꽁 얼어붙었을 추위인데도 러시아인들에게는 별로 심한 추위가 아니었던 모양이어서, 겨울궁전 옆의 중국식 양철 지붕을 얹은 정자 밑에 불을 피우는 사람들은 아직 없었다. 서리를 뒤집어쓴 해군성의 나무들은 땅에 꽂아 놓은 거대한 깃털들처럼 보였고, 웅장한 원주 기둥의 붉은 화강암은 설탕 옷을 입힌 것처럼 표면이 얼음에

** 플라톤이 『공화국』에서 소개하고 있는 목동 기게스의 마법의 반지. 반지를 돌리면 투명인간이 된다.

덮여 있었다. 떠오르는 밝고 환한 달이 하얗게 눈 덮인 밤 풍경 위로 고즈넉한 빛을 쏟아 부으면서 어둠을 푸르스름하게 물들이고 있었다. 마차들의 정지한 실루엣이 달빛을 받아 환상적인 색채를 띠었고, 드넓은 공간 여기저기에서 마차의 등불들이 극지방의 개똥벌레들처럼 노르스름하게 반짝였다. 저만치에 창문들마다 온통 불을 밝힌 거대한 겨울궁전이 보였는데, 마치 산의 여기저기에 뚫어 놓은 구멍으로 지하에서 타오르는 불길이 내비치고 있는 것 같았다.

광장에는 완벽한 정적이 드리워져 있었다. 비록 멀리 바깥에서 바라보는 것이라 해도 그 정도의 파티라면 우리나라에서는 많은 구경꾼들이 모여들었을 텐데, 혹한의 날씨 때문에 구경꾼들이 많지 않았다. 그리고 사람들이 많이 모였다 하더라도, 궁전 주위가 워낙 넓어서 드문드문 잘 보이지도 않았을 것이다. 군대라면 모를까, 구경꾼들로 그 넓은 공간을 채우기에는 태부족이었다.

알렉산드르 1세 기념탑의 그림자가 길게 드리워진 광장의 하얀 표면 위로 썰매 한 대가 대각선으로 가로질러 가더니, 궁전과 예르미타시 박물관 사이로 난 어두운 길로 사라졌다. 공중다리 때문에 그 길은 베네치아의 파글리아 운하와 약간 비슷해 보였다.

몇 분 뒤에 궁전 회랑의 가로대 위에 장식된 코니스를 따라서, 마치 몸뚱이는 없는 것 같은 눈 하나가 이리저리 움직이고 있었다. 기둥 위 수평부의 쇠시리에 줄줄이 늘어선 촛대들이 만들어 낸 빛의 울타리에 가려져서, 바로 밑에서는 그 희미한 눈빛이 전혀 보이지 않았다. 어둠보다도 빛이 오히려 더 잘 숨겨 주었던 셈이다. 그 눈은 이내 눈부신 빛 속으로 사라졌다.

광장 쪽에서 바라본 회랑에는 매끈한 원주 기둥들, 금빛 장식들과 촛불의 그림자가 어른대는 마루가 길고 아득하게 펼쳐져 있었다. 기둥들 사이의 공간에는 생략적 표현 때문에 주제를 분간하기 어려운 그림들이 가득 걸려 있었다. 번쩍이는 제복들이 벌써 오가기 시작했고, 풍성한 궁정 드레스들의 물결이 바닥을 스쳤다. 차츰 사람들이 늘어나면서, 알록달록 빛을 발하는 강물처럼 회랑 바닥을 채워 갔다. 넉넉한 공간인데도 회랑은 이내 비좁아졌다.

그 모든 사람들의 시선은 황제가 들어올 문을 향해 있었다. 문이 활짝 열리자, 황제, 황후, 대공들이 모습을 나타냈다. 순식간에 두 줄로 갈라선 손님들 사이로 황제 일행은 회랑을 가로질러 갔다. 중간중간에 서 있던 지체 높은 사람들에게는 몇 마디 말을 건네기도 했는데, 그 허물없는 태도에는 우아한 기품이 서려 있었다. 들어온 문의 맞은편에 있는 문으로 황제 일행이 사라지자, 조심스럽게 거리를 두고 고관들, 외교관들, 장군들, 조신들이 그 뒤를 따라갔다.

행렬이 무도회장으로 채 들어오기도 전에, 앞서 말했던 눈은 멋진 오페라글라스를 쓰고 그곳에 이미 자리를 잡고 있었다. 무도회장은 빛과 열기의 도가니 같았고, 화재라도 난 것처럼 눈부시고 뜨거웠다. 코니스마다 불꽃들이 줄지어 밝혀져 있었고, 십자 유리창들 사이에 놓인 가지 촛대들은 불붙은 덤불처럼 타오르고 있었다. 천장에 매달린 수백 개의 샹들리에들도 반짝이는 연무 한복판에서 불꽃의 성좌를 이루고 있었다. 그 모든 빛줄기들이 서로 교차하면서, 세상의 그 어떤 파티를 비추었던 불빛보다도 더 눈부시고 더 생생한 조명을 만들어 냈다.

높은 위치에서, 그리고 그 빛의 심연 위로 몸을 숙인 상태에서 받은 첫번째 느낌은 일종의 현기증 같은 것이었다. 처음에는 그 모든 섬광과 분출, 빛 너울, 촛불의 광채, 창유리, 황금, 다이아몬드, 보석들, 피륙들 사이에서 아무것도 구분이 되지 않았다. 무수한 빛 조각들 때문에 아무런 형체도 알아볼 수 없었던 것이다. 그러다가 이윽고 동공이 눈부심에 익숙해졌고, 태양을 쳐다볼 때처럼 눈앞에서 날아다니던 검은색 나비들도 사라졌다. 이제 온통 대리석과 화장 회반죽으로 칠을 한, 거대한 규모의 무도회장 전체가 시야에 들어온다. 무도회장의 매끄러운 내벽은 마르틴15세기 동판화의 거장 마르틴 숀가우어를 가리키는 듯하다의 판화에 나오는 바빌로니아 건축물의 벽옥이나 반암처럼 번쩍거리며 불빛과 사물들을 희미하게 되비추어 준다.

빛 조각들이 모이고 흩어지면서 끊임없이 새로운 그림들을 만들어 내는 만화경, 또는 확장과 수축이 반복되면서 화포畫布가 꽃이 되고, 꽃잎이 왕관으로 바뀌고, 이윽고 루비에서 에메랄드로, 토파즈에서 자수정으로 변하며 다이아몬드 주위를 태양처럼 선회하는 회전 채광판에나 비유할 수 있을까. 무도회장은 마치 황금과 보석과 꽃들이 어우러진 이동식 꽃밭처럼, 끊임없이 요동치며 변화무쌍한 빛의 아라베스크 무늬들을 만들어 냈다.

황제 일가가 들어서자 요동치던 그 빛 조각들이 정지했고, 차분해진 빛 속에서 사람들의 신분과 용모의 구분이 가능해졌다.

러시아의 궁정 무도회는 폴로네즈로 시작된다. 그것은 춤이라기보다는 일종의 행렬이나 행진, 아주 독특한 횃불 행진에 가깝다. 참가자들이 무도장의 한가운데에 빈 공간을 만들면서 물러나면, 이들이 울타리처럼 늘어선 일종의 오솔길이 생겨난다. 모든 사람들이 자리를 잡으면, 오케스트라가 장중하고 느린 리듬의 곡조를 연주하는 것과 동시에 행진이 시작된다. 특별히 선택받은 공주나 귀부인의 손을 잡은 채, 황제가 행진을 이끈다.

그날 저녁 황제 알렉산드르 2세가 입은 멋진 군복은 그의 큰 키와 날씬하고 날렵한 몸매 때문에 한층 더 돋보였다. 단춧구멍에 장식 끈이 달린 흰색 상의는 허벅지 중간까지 오는 길이였는데, 깃과 소매와 가장자리에는 시베리아산 푸른 여우 털로 테를 둘렀고 옆구리는 최고급 훈장들로 장식되어 있었다. 몸에 붙는 하늘색 바지는 다리의 윤곽을 그대로 드러내면서 가벼운 반장화로 마무리되어 있었다. 머리는 짧게 깎아서, 황제의 반듯하고 넓고 잘생긴 이마가 그대로 드러났다. 완벽하게 균형이 잡힌 그의 생김새는 메달의 금이나 구리에 적합하게 본을 떠 놓은 것 같았다. 잦은 여행과 바깥 활동 때문에 얼굴은 이마보다 덜 희었는데, 푸른 눈이 얼굴의 갈색 톤과 대비를 이루어 한층 더 두드러져 보였다. 입매의 윤곽과 선은 그야말로 그리스 조각처럼 뚜렷했다. 부드러우면서도 엄숙하고 의연한 얼굴 표정 위로 이따금 아주 우아한 미소가 스쳐 갔다.

황제 일가에 뒤이어, 고급 장교들과 궁정의 고위 관리들, 그 밖의 고위층 인사들이 각자 여인의 손을 잡고 입장했다.

그들은 그야말로 금으로 장식한 제복, 다이아몬드를 박아 넣은 견장, 줄줄이 매단 훈장들, 가슴 언저리에서 빛나는 칠보와 보석 그 자체였다. 계급으로 보나 황제의 신임으로 보나 가장 높은 지위에 있는 몇몇 사람들의 옷깃에는 명예보다는 차라리 우의를 나타내는 훈장이 달려 있었는데, 브릴리언트[58면체로 가공한] 다이아몬드로 둘러싼 황제의 초상이었다. 그러나 그런 사람들은 손가락에 꼽을 정도로 드물었다.

행렬은 계속 나아가면서 점점 불어났다. 울타리처럼 늘어선 줄에서 한 남자가 빠져나와 맞은편의 여인에게 손을 내밀고, 그렇게 새로 만들어진 남녀 한 쌍이 행진 대열의 남녀들과 합류한다. 발걸음에 리듬을 실어서, 선두의 보조에 따라 속도를 늦추기도 하고 높이기도 한다. 그런데 손을 뻗으면 닿을 거리에서 쏟아지는 뜨거운 시선들, 금방이라도 비웃을 채비가 되어 있는 무수한 시선들을 받으며 그렇게 걸어가는 것이 결코 쉬운 일은 아니다. 조금이라도 몸짓이 서툴거나 스텝이 엉키면, 조금이라도 박자가 틀리면, 이내 눈에 띄게 된다. 많은 남자들은 군대에서 익힌 절도 덕분에 크게 실수를 하지 않지만, 여인들이야 얼마나 어렵겠는가! 그래도 대개는 아주 잘 헤쳐 나가고, 그 중에는 "Et vera incessu patuit dea!"이탈리아어로 '그야말로 여신의 걸음걸이구나'라는 뜻라는 감탄사를 터뜨리게 만드는 여인들도 적지 않다. 여인들은 깃털, 꽃, 다이아몬드로 장식한 채, 얌전하게 시선을 내리깔거나 아주 순진한 태도로 주위를 둘러보며 날렵한 동작으로 나아간다. 팔랑거리는 부채질로 열기를 식히면서, 여인들은 몸을 살짝 숙이거나 발뒤꿈치로 가볍게 차서 풍성한 비단 드레스와 레이스를 추스른다. 너무나 자연스러워서 마치 공원의 오솔길을 혼자 걸어가고 있는 것처럼 보인다. 남들의 시선을 받으면서 고상하고 우아하고 단순하게 걷는 것, 그것은 많은 뛰어난 여배우들의 경우에도 꽤나 어려운 일이 아니었던가!

러시아 궁정의 특별한 점은 때로 시르카시아 출신의 젊은 공작이나 레스긴 출신의 근위대장, 몽골인 장교도 행렬에 끼어 있다는 사실이다. 시르카시아의 공작은 날씬한 허리와 떡 벌어진

가슴, 동방풍의 우아하고 화려한 의상이 특징이고, 몽골 장교의 병사들은 아직도 활과 화살 통, 방패로 무장하고 있다. 갈색의 섬세한 손가락들을 움직여 킨잘kindjal 단검의 작은 손잡이를 다루는 데 익숙해져 있는 아시아인의 작은 손이 문명의 흰 장갑 밑에 모습을 숨긴 채, 공주나 백작 부인의 손을 잡을 채비를 하고 있는 것이다. 그런데 그런 사실에 놀라는 사람은 아무도 없는 듯했다. 사실, 그리스 정교 신자인 상트페테르부르크의 귀부인과 회교도 왕자 또는 메그렐인그루지야 지방의 부족의 왕자가 함께 폴로네즈 행진을 하는 것보다 더 자연스러운 일이 어디 있겠는가! 그들 모두가 러시아 황제의 신하들이 아닌가?

금박과 자수와 훈장으로 장식한 남자들의 정복과 파티 의상이 어찌나 화려하고 다채롭고 호화로운지, 여인들이 입은 최신 유행 의상의 날아갈 듯한 맵시와 현대적인 우아함은 적수가 되지 못한다. 더 호화롭지 못한 대신, 여인들은 더 아름답다. 여인들의 드러난 어깨와 가슴은 황금 흉갑을 다 합친 것만큼의 값어치가 있다. 그 빛나는 아름다움을 떠받치려면, 여인들에게는 비잔틴의 성모 마리아 상들처럼 금색과 은색으로 무늬를 박아 넣은 드레스, 보석 가슴 장식, 다이아몬드처럼 빛나는 후광이 필요할 것이다. 그러나 몸에 금은세공을 한 성궤를 얹고 춤을 출 수 있겠는가?

그렇다고 해서, 지나치게 원시적이고 소박한 의상을 떠올리지는 마시라! 그 단순한 드레스들은 영국산 직조 레이스로 만들어졌고, 두세 개를 포개어 입은 튜닉은 금은으로 장식한 화려한 비단 백의白衣보다 값이 더 나간다. 모슬린이나 박사薄紗로 만든 치마에 장식된 꽃다발은 다이아몬드 고리로 묶여 있다. 벨벳 리본에 버클 또는 쇠붙이 장식으로 쓰인 보석은 차르의 왕관에나 사용될 법한 것들이다. 진주 몇 알로 장식된 타프타, 망사, 물결무늬 원단의 흰 드레스, 그리고 헤어네트를 쓰거나 머리채를 두세 줄로 말아 올린 머리 모양의 조화만큼 단순한 것이 또 있을까! 그러나 진주는 값이 10만 루블이고, 깊은 대양으로부터 그보다 더 둥글고 더 맑은 광택이 나는 진주를 캐올 수 있는 어부는 결코 없을 것이다! 게다가 단순한 의상을 입는 것이 황후의 마음에 드는 길이다. 황후는 화려함보다 우아함을 선호하기 때문이다. 그러나 맘몬신약성서에 나오는 부와 탐욕의 상징이 패배하는 건 절대 아니다. 재빠른 행렬 속에서 언뜻 볼 때는, 러시아 여인들의 차림이 남자들보다 덜 호사스럽다고 생각할 수도 있다. 그러나 그건 착각이다. 세상의 모든 여인들처럼, 러시아 여인들도 황금보다 박사가 더 값이 나가게 하는 법을 알고 있다.

폴로네즈 행렬이 살롱과 회랑을 가로지르고 나면, 무도회가 시작된다. 춤은 전혀 특별하지 않다. 파리, 런던, 마드리드, 빈, 세상의 모든 상류사회에서 그렇듯이, 그곳에서도 카드리유, 왈츠, 레도바를 춘다. 그러나 마주르카만은 특별하다. 상트페테르부르크의 마주르카는 세상 그 어디에서도 보기 힘든 완벽함과 우아함을 갖추고 있다. 어디에서나 지역의 고유한 개성은 사라져 가는 중이고, 특히 상류사회의 개성이 제일 먼저 사라진다. 지역적인 특성을 다시 만나려면, 문명의 중심에서 벗어나 민중들의 삶 한복판으로 내려가야 한다.

전체적인 조망 또한 매혹적이었다. 춤출 수 있는 공간을 내어주느라 물러선 화려한 군중들 사이에서, 춤의 동작들은 서로 간에 상칭相稱을 이루었다. 왈츠의 어지러운 선회는 제자리에서 빙빙 도는 이슬람 수도승의 치마처럼 드레스들을 펼쳐 올라가게 했고, 빠른 회전 속에서 다이아몬드 고리들, 금은 박편들은 유성처럼 길게 늘어지는 구불구불한 섬광 줄기를 만들어 냈다. 남자들의 어깨 위에 놓인 장갑 낀 작은 손들은 커다란 황금 꽃병에 꽂힌 흰 동백꽃 같았다.

무리들 사이에서 헝가리 상류 귀족풍의 멋진 의상을 입은 오스트리아 대사관 일등 서기관이 특별히 눈에 띄었고, 그리스식 모자, 장식끈이 달린 상의, 짧은 스커트에 그리스 병사들이 하는 정강이받이를 착용한 그리스 대사도 시선을 끌었다.

한두 시간에 걸쳐 조감하듯 광경을 음미한 다음, 문제의 그 눈은 신비의 미로 같은 복도를 거쳐 또 다른 홀의 궁륭穹窿 밑으로 이동했다. 오케스트라와 파티의 소음이 멀어지면서 어렴풋한 웅얼거림으로 잦아들었다. 아주 넓은 규모의 그 홀은 비교적

어두운 편이었는데, 그곳에서 야식이 있을 참이었다. 웬만한 성당도 그보다 넓지 않을 것이다. 안쪽의 희미한 어둠 속으로 테이블들의 흰 윤곽이 드러나 보였다. 홀의 구석마다 번쩍이는 금은 세공품들이 더미로 쌓여 있었는데, 광원을 알 수 없는 빛을 받아 날카로운 금속성으로 번뜩였다. 알고 보니 식기대였다. 계단이 희미하게 드러나 보이는 벨벳 연단 끝에 U자형 테이블이 놓여 있었다. 제복을 차려입은 하인들, 급사장들, 요리에 마지막 손질을 가하는 요리사들이 말없이 분주하게 오가고 있었다. 그 어두운 바탕 위에서 몇몇 빛줄기들이, 마치 불에 탄 종이 위에 남은 불꽃처럼, 간간이 구불거렸다.

그러나 수많은 양초들이 가지[枝] 촛대들마다 가득 꼽혀 있었고, 소벽小璧과 아케이드 주위에도 늘어서 있었다. 양초들은 복잡한 촛대 위에 꽃받침 위의 암술처럼 하얗게 솟아올라 있었지만, 끄트머리에 별처럼 떨리는 작은 불꽃이 밝혀진 것은 아직 없었다. 얼어붙은 종유석들 같다는 생각을 하고 있는데, 밀려오는 물결 소리처럼 사람들이 다가오는 웅성거림이 들려오기 시작했다. 드디어 황제가 입구에 나타났는데, 그것은 "Fiat lux"라틴어로 '빛이 있으라'라는 뜻라는 창세기의 구절을 떠올리게 만드는 장면이었다. 갑작스런 불꽃 하나가 촛대에서 촛대로 번개처럼 빠르게 옮겨 붙었다. 한꺼번에 모든 불이 밝혀지고, 마술처럼 드넓은 홀 전체가 순식간에 빛으로 넘쳐났다. 박명에서 찬란한 빛으로 바뀌는 그 갑작스러운 변화는 그야말로 환상적이었다. 우리가 살고 있는 이 산문散文 시대에는 모든 기적이 다 해명되어야 하는 법이다. 비인화성 도료를 바른 양초의 심지들을 솜화약 도화선으로 서로 연결해 놓았다가, 일고여덟 지점에서 불을 붙이면 그런 식으로 한꺼번에 불꽃이 번져 나가는 것이다. 성 이사악 대성당의 대형 샹들리에들을 밝힐 때도 그 방법을 쓰는데, 신자들의 머리 위에 마치 거미줄처럼 솜화약 도화선이 드리워진다. 높낮이를 달리한 가스 조명장치로도 비슷한 효과를 낼 수 있는 모양이다. 그러나 우리가 아는 한, 겨울궁전에서는 가스를 사용하지 않는다. 그곳에서는 진짜 밀랍으로 만든 양초만을 쓴다. 아직도 벌들이 조명에 기여하는 곳은 이제 러시아밖에 없다.

황후가 몇몇 고위 인사들과 함께 U자형 테이블이 놓인 연단 위에 자리를 잡았다. 황후의 금빛 의자 뒤에는, 대리석 벽에 기대어 놓은 흰색과 붉은색의 커다란 동백꽃 다발들이 마치 거대한 축포처럼 피어오르고 있었다. 아프리카의 가장 잘생긴 부족들 중에서 선발한 듯한 열두 명의 키 큰 흑인들이 연단을 오르내리며 하인들에게 접시들을 넘겨주거나 넘겨받았다. 이집트 병사의 복장을 한 그 흑인들은 감아올린 흰색 터번, 가장자리에 금박을 넣은 상의, 캐시미어 벨트로 허리를 죈 붉은색의 헐렁한 바지를 입고 있었는데, 모든 박음질자리에는 어김없이 장식끈과 자수가 장식되어 있었다. 노예로 일하고 있긴 해도, 그들의 동작에는 동방 사람들 특유의 우아함과 절도가 배어 있었다. 데스데모나 셰익스피어의 비극 『오셀로』에서 흑인 장군 오셀로의 아름다운 아내를 잊어 버린 그 동방의 흑인들은 엄숙하게 자신들의 의무를 수행하면서, 가장 유럽적인 파티에 가장 훌륭한 아시아적 특징을 각인시켜 주었다.

손님들은 지정된 좌석 없이, 자신들을 위해 준비된 여러 개의 테이블에 각자 마음대로 자리를 잡았다. 특히 금은으로 장식된 화려한 테이블들, 여러 가지 형상들과 꽃들, 동방의 신화와 환상들이 묘사된 테이블들이 한가운데를 차지하고 있었다. 산처럼 쌓인 과일들과 케이크들 사이사이에는 촛대들이 놓여 있었다. 위에서 내려다보면 아래에서 볼 때보다 수정 그릇들, 도자기들, 은 제품들, 꽃다발들의 조화가 더 잘 눈에 들어왔다. 식탁보를 따라 두 줄로 늘어선 여인들의 젖가슴은 다이아몬드와 레이스 장식 사이로 눈부신 아름다움을 드러내고 있었다. 문제의 그 시선은 꽃들, 나뭇가지들, 깃털들, 보석들 사이로, 여인들의 금발이나 갈색 머리에 나 있는 가르마까지도 마음껏 음미할 수 있었다.

야식이 끝나자 무도회가 다시 시작되었다. 그러나 밤이 깊어지고 있었다. 이제 다시 출발해야 할 시간이었다. 파티는 또다시 시작되겠지만, 눈으로 보기만 하는 사람의 입장에서는 똑같은 흥미를 다시 느끼기 어려울 것이다. 몇 시간 전에 광장을 가로질러 작은 문 앞에 멈추어 섰던 썰매가 겨울궁전과 예르미타시 박물관 사이의 소로에 다시 나타났다. 썰매는 성 이사악 대성당 쪽을 향해 외투 하나와 얼굴을 내리덮은 모피 모자 하나를 싣고 사라졌다. 하늘이 땅의 화려함을 시샘하기라도 하듯, 북극광이 밤의 어둠 속에 불꽃을 쏘아 올렸다. 은빛, 금빛, 자줏빛, 진주모빛의 그 불꽃들이 발산하는 은은한 빛 때문에 별빛이 뿌옇게 흐려져 있었다.

옮긴이 해제

19세기의 프랑스 시인이자 작가, 예술평론가였던 테오필 고티에의 상트페테르부르크 기행문인 이 책은 1867년에 발간된 『러시아 기행』 *Voyage en Russie*에서 몇 부분(6, 8, 9, 11장)을 발췌·편집한 것이다. 고티에의 러시아 여행은 1858년 9월에 이루어졌다. 파리에서 기차를 타고 베를린, 함부르크, 슐레스비히를 거쳐 북부 독일의 아름다운 항구도시 뤼베크에 도착한 다음, 그곳에서 다시 배를 타고 3일 동안 발트 해를 항해하여 마침내 상트페테르부르크에 당도하는 긴 여정이었다. 그래서 『러시아 기행』의 앞부분은 상트페테르부르크에 도착하기까지의 여정을 다루고 있고, 이 책에 실린 6장부터가 온전히 상트페테르부르크에서 자신이 보고 듣고 느낀 것들을 기록해 놓은 부분이다.

고티에가 여행에 대한 강한 열정을 갖기 시작한 것은 스물아홉 살 때인 1840년에 스페인을 여행하고 난 뒤부터였다고 알려져 있다. 스페인에서 그는 거칠면서도 찬란한 이베리아 반도의 풍광과 스페인 회화의 걸작품들을 통해 '형태와 색채'에 대한 자신의 감각이 새롭게 깨어나는 경험을 하였다. 동시에 그는 '현실의 비루함과 협소함'을 뛰어넘는 '순수한 아름다움'의 세계가 있을 수 있다는 확신을 갖게 되었던 듯하다. 이후로 그는 알제리, 이탈리아, 그리스, 터키를 차례차례 여행하였고, 매번 그 여행의 경험을 기록으로 남기거나 시와 소설의 자양분으로 삼았다. 또한 1850년대 이후의 여러 소설에서는 시공간을 뛰어넘는 소재들(폼페이우스, 고대 이집트, 17세기의 유랑극단 등)을 통해 상상의 여행을 시도하기도 하였다.

*　*　*

『러시아 기행』의 핵심을 이루는 상트페테르부르크는 일반적으로 오늘날의 우리에게도 묘한 매력을 지닌 러시아 도시 중의 하나로 남아 있다. 그것은 대개 19세기 러시아의 문호들, 즉 푸슈킨, 고골, 도스토예프스키, 톨스토이 등의 문학을 통해 우리가 그 도시에 대해 갖게 된 이미지의 어렴풋한 잔상 효과가 아닐까 생각되기도 한다. 예컨대 고골의 단편 「외투」는 '혹독한 추위 속에 사람들이 모피로 온몸을 감싼 채 걸어가는, 하얗게 눈 덮인 도시'라는 상트페테르부르크의 이미지를 우리의 기억 속에 남겨 놓았다. 요컨대 우리들 마음속의 상트페테르부르크는 시공간적으로 아주 멀리 떨어진, 그리고 그 거리에 비례하여 어떤 강렬하고 신비로운 매력을 지니게 되는 장소들 중의 하나이다. 다시 말해서 그 기억 속의 이미지는 '이국 취향'이라는 용어로서 포괄될 수 있는 어떤 시선이나 관점의 소산이라고 할 수 있다.

마찬가지로 상트페테르부르크의 여러 가지 풍물들(눈과 얼음, 추위, 마차들, 눈썰매, 상류층 여인들, 농부들, 마부들, 모피 외투, 네프스키 대로의 풍물, 네바 강의 경마 장면, 겨울궁전의 화려한 파티 등)을 바라보는 고티에의 시선에서도, 우리는 19세기 전반의 프랑스 낭만주의와 함께 한 시대를 풍미했던 '이국 취향'의 기본 정서를 어렵지 않게 발견할 수 있다. 그러나 그런 세부적인 묘사들을 차례차례 읽고 났을 때 우리의 뇌리에 마지막까지 남게 되는 것은 상트페테르부르크의 혹한이 만들어 내는 일종의 '시적 효과' 같은 것이다. "말을 하면 …… 단어들이 이내 얼어붙어 버릴 것"(66쪽)만 같은 극지의 겨울 풍경 속에서 고티에는 더없이 찬란하고 순수하게 빛나는 아름다움의 세계를 발견해 낸다.

이 책에는 빠져 있는 『러시아 기행』의 5장 마지막 부분에서, 고티에는 상트페테르부르크를 가로질러 핀란드 만으로 흘러드는 네바 강 하구에 들어섰을 때 자신의 눈에 들어온 상트페테르부르크의 첫인상을 다음과 같이 적어 놓았다. "저녁이 여명처럼 흰색인 그곳, 은빛 지평선 위로 보이는 그 금빛의 도시보다 찬란한 것은 아무것도 없었다." 그 첫인상 그대로, 이 책에서 고티에가 묘사하고 있는 상트페테르부르크는 전체적으로 눈처럼 희고 얼음처럼 차가운 도시, 찬란한 금빛과 은빛이 어우러져서 가히 '비인간적'으로 느껴질 만큼 아름다운 도시이다.

19세기 프랑스 문학사에서 고티에는 무엇보다도 '예술을 위한 예술'을 주창한 예술지상주의자, 또는 "모든 유용한 것들은 추하다"라고까지 주장한 절대적 유미주의자로 자리매김되어 있다. 그런데 고티에는 사진을 곁들인 '전대미문의 멋진 러시아 소개서'를 써서 '큰돈'을 벌어 보겠다는 야심에 부풀어 러시아로 떠났었다고 한다. 역설적이긴 하지만, 그 실패한 '세속적 야심'에서 오히려 우리는 고티에가 지녔던 낭만적이고 비현실적인 예술가의 기질, 아름다움만을 유일한 선으로 간주하는 정신적 쾌락주의자의 기질을 엿볼 수 있다. 얼어붙은 네바 강 위에서 야영하는 시베리아 유목민 사모예드들을 묘사한 부분을 보자.

극지의 아찔한 매력이 마술과 같은 강한 효과를 내는 바람에, 상트페테르부르크에서 해야 할 중요한 일만 없었더라면 아마 우리도 사모예드들과 함께 떠났을지도 모른다. 북극광에 둘러싸인 극지를 향해 전속력으로 달려갔다면 얼마나 즐거웠을까! 서리에 덮인 전나무 숲, 반쯤 파묻힌 자작나무 숲, 빛나는 눈 위로 펼쳐진 순백의 거대한 공간을 차례차례 가로지르며! 은빛 색조 때문에 마치 달나라에라도 온 것 같은 그 낯선 땅에서, 아무것도 썩지 않고 죽음조차도 부패하지 않는 그 강철처럼 차갑고 생생하고 날카로운 공기를 가로지르며! (60쪽)

여기에도 잘 드러나 있듯이, 고티에는 눈과 얼음으로 뒤덮인 상트페테르부르크의 혹한 속에서 거의 말라르메적인 '절대적 아름다움과 순수'의 경지를 예감했던 듯하다.

이 기행문을 읽은 프랑스의 한 비평가는 "붉은빛, 어른거리는 금빛, 알 수 없는 몽롱함 같은 온갖 관능적 물질성의 흔적들이 백색을 물들이면서, 차갑게 빛나는 순수를 지향하는 영혼의 신플라톤주의적 움직임에 조화롭게 동행"한다는 표현으로 고티에의 그러한 기질 혹은 감수성을 잘 지적한 바 있다. 보들레르 또한 "고티에를 이끈 두 명의 뮤즈는 관능과 죽음"이라고 쓴 바 있다. 말하자면 강박처럼 자신을 따라다니는 그 두 가지 유혹으로부터 벗어나기 위해, 고티에는 점점 더 몰개성적이고 순수한 형식적 아름다움의 세계를 지향했던 것인지도 모른다. 결국 그의 '예술을 위한 예술'이란, '덧없고 하찮은 삶, 음울하고 추한 삶에 의미를 부여해 주고 그럼으로써 우리를 구원해 줄 수 있는 것은 예술밖에 없다'는 그의 비관주의적 세계관의 이면이기도 하다.

* * *

사실 고티에는 1830년의 소위 '에르나니 전투'*에서, '붉은색 조

---

* 빅토르 위고의 희곡 『에르나니』를 계기로, 종래의 고전주의 연극 전통을 옹호하는 사람들과 새로운 낭만주의 미학을 지지하는 젊은 세대 간에 벌어졌던 논쟁과 대립. 특히 『에르나니』의 초연을 둘러싸고 극장에서 벌어졌던 두 진영 간의 격렬한 소동을 가리킨다.

끼'를 입고 위고를 필두로 한 낭만주의 문학과 예술을 위해 싸운 '젊은 투사'의 모습으로 프랑스 문학사 속에 처음 등장하였다. 그러나 이내 그는 낭만주의의 과도한 몽상과 감정 토로에 불만을 느꼈고, 1830년대를 기점으로 나타나기 시작한 낭만주의의 새로운 경향, 즉 사회 참여를 통해 역사의 진보에 기여하고자 하는 공리주의적 경향에도 비판적이었다.

따라서 그의 예술지상주의나 절대적 유미주의란 '예술 그 자체의 형식적 아름다움'을 시와 예술의 최상의 목표로 삼는 미학적 태도를 가리키는 용어들이다. 예컨대 1835년에 발표되어 '예술을 위한 예술'의 선언서로 간주되고 있는 소설 『모팽 양』 *Mademoiselle de Maupin*의 서문은 공리주의적 도덕과 윤리의 관점에서 문학과 예술을 바라보는 비평가들, 특히 저널리즘 비평가들에 대한 독설로 가득하다. "나는 그저 새로운 낭만파 작품에 이빨을 드러내고 있는 경건한 신문비평가에게, 그들이 매일 읽고 닮으라고 권하는 고전 작가도 외설과 부도덕함에 있어서 낭만파를 훨씬 능가하고 있다는 사실을 증명하려 했을 뿐이다. …… 책이 풍속을 따라가는 것이지, 풍속이 책을 따라가지 않는다." 문학과 예술을 공리주의적 관점에서 바라보는 사람들에 대한 그의 적의는 특히 신문이라는 매체에 대한 경멸을 통해 잘 드러난다. 저널리즘이 지향하는 평균적인 도덕과 대중적 감수성은 예술의 아름다움과 자유에 대한 폭력이자 횡포라고 생각했던 것이다. "신문은 책을 죽인다. 신문이 우리에게서 빼앗아 가는 쾌락을 우리는 눈치채지 못한다. 신문은 모든 것의 처녀성을 앗아 간다. …… 신문은 우리의 취미를 둔하게 하여, 마치 후추를 넣은 브랜디 애호가나 라임이나 포도의 찌꺼기까지 먹어치우는 대식가처럼 아무리 좋은 술도 그 맛을 알 수 없게 만들고, 꽃다발의 향기도 맡을 수 없게 만든다."

그리하여 마치 조각 예술이 그러듯이, 언어와 감정이라는 질료로부터 불멸의 형상을 조형해 내는 기술을 그는 시라고 생각하였다. 예컨대 1852년에 발표된 시집 『칠보와 카메오』*Emaux et Camées*의 제일 마지막에 실린 시편인 「예술」L'art은 다음과 같은 구절로 시작된다. "그렇다, 작품이 더 아름다워지려면 / 세공하기 까다로운 / 형태가 필요한 법 / 시, 대리석, 마노, 칠보." 이제 시인은 방의 창문을 닫아건 채, 바깥의 사회·정치적인 소용돌이로부터 해방되어, 오로지 언어의 세공에 몰두하는 장인에 가까워진다.

결국 그는 르콩트 드 릴을 비롯한 19세기 중반의 프랑스 파르나스파* 시인들은 물론이고, 근대 시의 시조로 불리는 보들레르에게도 적지 않은 영향을 끼쳤다. 말하자면 그는 프랑스 낭만

---

* 그리스 신화에서 아폴로와 아홉 명의 뮤즈가 거처하는 산의 이름인 파르나스에서 유래한 지칭. 르콩트 드 릴, 테오도르 드방빌, 빌리에 드릴아당 등의 시인들을 중심으로, 무감동하고 초월적인 '조형적 아름다움'의 세계를 추구한 시적 경향을 가리킨다.

주의에서 파르나스파를 거쳐 상징주의로 넘어가는 역사적 길목의 초입에 위치한 시인이었다고 할 수 있다.

* * *

프랑스의 남서부 지방에서 태어났지만 세 살 때 온 가족이 파리로 이사하였고 여행할 때 말고는 줄곧 파리에서 살았으면서도, 고티에는 자기 자신에게서 뿌리 깊은 남프랑스인의 기질을 발견하곤 했다. 40년이 지난 뒤에도 그는 자기가 태어난 집을 기억했고, 고향 마을에서 보이던 푸른 산과 개울물의 정경을 잊지 않았다. 그리고 글을 읽을 수 있는 나이가 되면서 고티에가 제일 먼저 빠져든 책이 바로『로빈슨 크루소』였다. 무인도의 자연 속에서 자유롭게 사는 꿈을 꾸면서, 어린 고티에는 거실 탁자 밑에 장작으로 오두막을 짓고 그 안에 들어앉아 시간을 보내곤 했다. 그런데 러시아 여행을 다녀온 지 10년쯤 되었을 때, 그러니까 50대 중반의 나이에 접어들 무렵에 쓴 자서전적인 글에서도, 고티에는 "재산만 좀 있었더라면, 나는 평생 떠돌아다니며 살았을 것"이라고 쓰고 있다.

그래서 우리는 그의 낭만주의적 기질, 환상 세계에 대한 취향, 해시시의 효과에 대한 호기심, 예술지상주의 미학, 여행에 대한 열정 등에서, '현실에 대한 환멸'이라는 그의 기본 정서를 찾아낼 수도 있지 않을까 생각하게 된다. 아닌 게 아니라, 50대

중반에 쓴 같은 글에서 고티에는 1840년을 전후한 시기 이후의 자신의 삶을 이렇게 적고 있다. "『모팽 양』의 서문에 대해 복수라도 하듯, 신문과 잡지가 나를 꼼짝 못하게 붙잡아 마소처럼 부려먹으며 놓아주지 않았다." 실제로 고티에는 『피가로』 *Figaro*, 『르뷔 드 파리』 *Revue de Paris*, 『르뷔 데 되몽드』 *Revue des deux mondes* 등의 신문과 잡지에 글을 쓰면서, 그 원고료로 생활을 이어 나갔다. 삶이 예술에 대해 복수하기 위해 강요하는 그런 '고역'을 치르면서, 시인은 시어의 투명한 조탁 속에서, 이국의 낯선 풍광과 아름다움 속에서, 예컨대 상트페테르부르크의 차가운 눈과 얼음 속에서, 어떤 '절대적이고 순수한 삶'을 꿈꾸었던 것인지도 모르겠다.

테오필 고티에 연보

1811   8월 30일 프랑스 남서부의 스페인 국경에 인접한 도시 타르브에서 태어났다. 온 가족이 파리로 이주한 것은 고티에가 세 살 때였지만, 1867년 『릴뤼스트라시옹』(*L'Illustration*)지에 실린 자서전적인 내용의 글에는 다음과 같은 구절이 나온다. "나는 6~7년 전에 딱 한 번, 내가 태어난 곳으로 돌아가 24시간 동안 머문 적이 있다. 어린 나이의 아이에게는 흔치 않은 일이지만, 파리 생활은 내게 죽어 버리고 싶을 정도로 강한 고향에 대한 향수를 불러일으켰다. 사람들이 내 저고리를 붙잡고 만류하지 않았더라면, 나는 장난감들을 창밖으로 내던진 뒤에 스스로 뛰어내렸을 것이다. 내일 아침 일찍 일어나 고향으로 돌아가려면 쉬어야 한다는 말을 듣기 전에는 나는 절대로 잠이 들지 못했다."

1822   8살에 리세 루이르그랑에서 한 학기를 기숙생으로 지내다가 기숙학교 생활에 적응하지 못해 콜레주 샤를마뉴로 전학하였다. 그곳에서 제라르 라브뤼니(미래의 시인 네르

발)를 알게 되었는데, 네르발은 당시에 이미 콜레주 샤를마뉴에서 꽤나 문명文名을 얻고 있었다. 고티에의 회고를 들어 보자. "나는 규율은 잘 지키지는 않았지만, 근면하고 훌륭한 학생이었다. 수사학과 철학 과목은 프티의 수영장과 화가 리우의 작업실에서 때웠는데, 그의 작업실은 학교에서 멀지 않은 생앙투안 가의 프로테스탄트 교회 근처에 있었다. 덕분에 나는 수영을 아주 잘했고 데생도 제법 할 수 있었다."

1829 화가 루이-에두아르 리우의 작업실에 드나들며 화가의 길을 꿈꾸다가, 빅토르 위고를 만나면서 본격적으로 글을 쓰기 시작하였다. 회고에 의하면, "나는 화가가 될 작정이었고, 화가가 되기 위해 3년을 공부했다. 그런데 보렐 형제의 소개로 빅토르 위고를 알게 되면서, 시로 방향을 돌렸다. 그리고 1830년 7월 28일에 얄팍한 시집 한 권을 발표했다."

1830 19세기 프랑스 문학사의 중요한 사건 중의 하나인 '에르나니 전투'(빅토르 위고의 연극 『에르나니』의 공연을 둘러싼 고전주의자들과 낭만주의자들 간의 격렬한 대립)에서, 그 유명한 '붉은 조끼'를 입고 위고와 낭만주의를 위해 앞장서 싸웠다.

1833 고티에를 비롯하여 위고의 낭만주의를 추종하는 보헤미

안 예술가들의 모임이었던 프티-세나클(Petit-Cénacle)이 해체되고, 고티에는 낭만주의의 과도한 무절제를 비판하는 소설집 『프랑스-젊은이들』(*Les jeunes-France*)을 발표한다. 훗날 그는 프티-세나클에 대해 다음과 같이 회고하였다. "당시 낭만파에서는 가능한 한 창백한 납빛의, 푸르딩딩하고 약간은 송장 같은 안색이 유행이었다."

1834 파리의 작은 방에서 몇몇 친구들과 함께 여전히 '보헤미안'으로 살아가면서, 유일한 수입인 원고료로 생활을 영위해 나갔다. 그의 재능을 알아본 발자크의 소개로 『파리 시평』(*Chronique de Paris*)지에 소설과 비평을 쓰기 시작했다.

1935 소설 『모팽 양』(*Mademoiselle de Maupin*)을 발표하여 큰 논란을 불러일으켰다. 그 책의 서문은 당대 사회에 대한 풍자와 독설로 가득한 '예술지상주의 미학'의 선언문으로 남게 되었다. 예컨대 그의 유미주의적인 태도와 관련된 가장 유명한 구절은 다음과 같다. "진정으로 아름다운 것들은 아무 데에도 쓸모가 없는 것들뿐이다. 유용한 것들은 모두 추하다. 왜냐하면 그것은 무엇인가에 대한 필요의 표현이기 때문이며, 게다가 인간의 필요라는 것은 그 가련한 본능과 마찬가지로 역겹고 혐오스럽기 때문이다. 한 채의 집 안에서 가장 유용한 장소는 화장실이

아니던가."

1836 외제니 포르와의 사이에서 아들을 얻었고, 네르발과 함께 벨기에를 여행하였다. 『라 프레스』(*La Presse*)지에 화가 들라크루아에 대한 글을 발표하였고, 또 다른 화가인 들라로슈에 대한 글을 발표하여 큰 논란을 불러일으켰다. "당시에 터무니없는 명성의 절정에 있었던 그 부르주아 화가를 나는 낭만주의 특유의 혹독함을 드러내며 공격하였다."

1840 스페인으로 여행을 떠나 5~6개월 동안 그곳에 머물렀다. 1836년에 네르발과 함께 벨기에를 여행한 적이 있었지만, 스페인 여행이 고티에가 한 최초의 긴 여행이었다. 그리고 스페인 여행의 경험이 가져다준 변화에 대해 후일 고티에는 이렇게 말하고 있다. "이제 내게는 돈을 좀 모아서 어딘가로 떠날 생각밖에 없었다. 병적일 정도로 강렬한 여행에 대한 열정이 내 안에 생겨난 것이다."

1841~43 파리 오페라의 무용수였던 카를로타 그리시를 사랑하여, 그녀를 위해 발레 대본 『지젤』을 썼다. 그러나 결국은 카를로타의 동생 에르네스타와 같이 살게 되었고, 그녀와의 사이에서 딸 둘을 낳았다. 1840년의 스페인 여행을 바탕으로 1843년 『스페인 여행기』(*Voyage en Espagne*)를 출간하였다.

1844 한 달에 한 번씩 일생루이(Ile-Saint-Louis)의 피모당 관
(Hôtel Pimodan)에서 열렸던 '해시시 클럽'(들라크루아,
네르발, 뒤마 등이 주요 멤버였고, 보들레르도 참관 멤버였
다)의 핵심 멤버가 되었다. 고티에가 처음으로 모임에 참
여하여 해시시를 피운 경험을 묘사한 글인 「해시시 클럽」
(Le club des hachichins, 1863)에는 "로미오가 해시시
를 했더라면 줄리엣을 잊었을 것"이라는 구절도 나오지
만, 그곳에서 처음 만난 보들레르와 마찬가지로 고티에
도 '진정한 예술가에게 필요한 것은 상상력이지 해시시
나 아편 같은 약물이 아니다'라는 입장을 취했다.

1845 알제리를 여행한 뒤 『알제리 여행기』(*Voyage en Algérie*)
를 출간하였다.

1849 시 「백색의 교향악」(Symphonie en blanc majeur)을 『르
뷔 데 되몽드』(*Revue des deux mondes*)에 발표하였다.

1850~52 1850년에 이탈리아, 1852년에는 그리스와 터키
를 차례로 여행하였다. 같은 해에 고티에의 예술지상주
의 미학의 결정판으로 평가받는 시집 『칠보와 카메오』
(*Emaux et Camées*)를 발간하였다.

1857 가족(아내 그리시, 두 딸, 누이들)과 함께 파리 북서쪽 교외
의 뇌이쉬르센에 정착하였다. 보들레르, 뒤마, 플로베르
등이 그의 집을 드나들었다. 그해에 보들레르가 시집 『악

의 꽃』을 발간하면서, "완전무결한 시인, 프랑스 문학의 완벽한 마술사"라는 찬사와 함께 시집을 고티에에게 헌정하였다.

1858~61 1858년 9월에 파리를 출발하여 러시아의 상트페테르부르크를 여행하면서 1859년 1월까지 『모니퇴르』(*Moniteurs*)지에 여행기를 연재하였다. 1859년 2월 모스크바를 여행하고 상트페테르부르크로 되돌아갔다가, 3월에 파리로 귀환하였다. 1861년에는 러시아의 남부(볼가 강, 니즈니노브고로드 등)를 여행하였다.

1862 국립미술협회 회장으로 선임되었지만, 주위의 질시 때문에 1866년부터 세 차례에 걸쳐 아카데미프랑세즈의 회원이 되는 데에는 실패하였다.

1866 두 권짜리 『러시아 여행기』(*Voyage en Russie*)를 출간하였다.

1872 10월 23일 파리에서 사망하여 몽마르트르 공동묘지에 묻혔다. 향년 61세.

작가가 사랑한 도시

01 플로베르의 나일 강 귀스타브 플로베르 지음, 이재룡 옮김

스물여덟 살의 플로베르가 돛단배로 떠난 넉 달간의 나일 강 여행! 편지로 어머니에게는 나태와 노곤함을, 친구에게는 동방의 에로틱한 밤을 전한다. 훗날 『보바리 부인』에 재현 될 멜랑콜리와 권태의 원천이 되는 감각적인 기행문!!

02 뒤마의 볼가 강 알렉상드르 뒤마 지음, 김경란 옮김

1858년, 대문호 알렉상드르 뒤마가 러시아의 변경 볼가 강 유역을 방문한다. 당대 최고의 여행가의 펜 끝에서 펼쳐지는 칭기즈칸의 후예 칼미크족의 유목 생활과 풍습 그리고 그 들의 왕성에서 열린 축제까지, 말 그대로 여행문학의 향연이 펼쳐진다!!

03 쥘 베른의 갠지스 강 쥘 베른 지음, 이가야 옮김

코끼리 모양의 증기 기관차를 타고 힌두스탄 정글을 가로지르는 영국군 퇴역대령과 프랑 스인 친구들. 성스러운 갠지스 강 순례 도시들의 유적과 힌두교도들의 풍습이 당대를 떠 들썩하게 한 세포이 항쟁의 정황과 함께 어우러진 독특한 모험소설!!

04 잭 런던의 클론다이크 강 잭 런던 지음, 남경태 옮김

알래스카 남쪽 클론다이크 강 유역에 금을 찾아 모여든 인간들. 차디찬 설원의 밤, 사금꾼 들의 숙박소로 의문의 남자가 피를 흘리며 찾아든다. 야성의 본능만이 투쟁하는 대자연에 서 전개되는 어긋난 사랑과 파멸. 섬뜩하면서도 매혹적인 독특한 여행소설!!

05 모파상의 시칠리아 기 드 모파상 지음, 어순아 옮김

프랑스 문단의 총아 모파상은 우울증이 심해질 때마다 여행을 떠난다. 시칠리아에 도달한 그가 마주한 것은…… 고대 그리스 신전과 중세의 고딕 성당, 화산섬 특유의 용암 풍광 등 자연과 예술이 하나 된 곳, 모더니티의 유럽인들이 상실해 가는 지고의 아름다움이었다.

06 뮈세의 베네치아 알프레드 드 뮈세 지음, 이찬규 · 이주현 옮김

베네치아를 무대로 천재화가이자 도박자 티치아넬로와 베일에 싸인 연인 베아트리체가 벌이는 사랑의 사태와 예술적 영혼들에 관한 성찰! 낭만주의 시인 뮈세와 소설가 조르주 상드의 "빛나는 죄악" 같은 사랑에서 탄생한 한 폭의 바람 세찬 풍경 같은 예술소설!!

07 에드몽 아부의 오리엔트 특급 에드몽 아부 지음, 박아르마 옮김

1883년 10월 4일, 당대 최고의 여행작가 에드몽 아부가 국제침대차회사의 초대로 오리 엔트 특급 개통기념 특별열차에 탑승한다. 최신식 침대차의 호화로움과 파리에서 터키 이 스탄불 사이의 여정이 상세하면서도 역동적으로 묘사된 여행 에세이의 백미!!

08 폴 아당의 리우데자네이루 폴 아당 지음, 이승신 옮김

19세기에 이미 전기 설비가 완성된 '빛의 도시' 리우. 폴 아당은 놀라운 속도로 개발되는 도시 외관과 아름다운 자연에 눈을 빼앗기면서도, 브라질 사람들의 순박하면서도 아름다 운 생활상을 발견해 내는 아나키스트 작가의 면모를 숨김 없이 보여 준다.

09 라울 파방의 제1회 아테네 올림픽 라울 파방 지음, 이종민 옮김

제1회 올림픽이 열린 아테네에 『주르날 드 데바』지의 특파원 라울 파방이 도착한다. 기자다운 정확성으로 생생히 재현되는 IOC 창설 과정, 근대 올림픽 개최를 둘러싼 갈등, 각종 경기장들의 건립 상황 등 올림픽 뒤 숨겨진 이야기들!!

10 라마르틴의 예루살렘 알퐁스 드 라마르틴 지음, 최인경 옮김

'평화의 도시' 예루살렘. 유대교와 기독교, 이슬람교가 각축한 복잡한 역사를 고스란히 담고 있는 이 성소로 낭만주의 시인 라마르틴이 병든 딸과 여행을 떠난다. 시인의 내면 깊이 간직된 신앙심과 자연에 대한 애정이 이 도시를 바라보는 시선에 그대로 배어 있다.

11 고티에의 상트페테르부르크 테오필 고티에 지음, 심재중 옮김

보들레르가 '프랑스 문학의 완벽한 마술사'로 상찬해 마지않았던 절대적 유미주의자 테오필 고티에, 그가 감각적인 필치로 그려 낸 상트페테르부르크의 겨울 풍경! 금빛 조명과 은빛 얼음으로 가득 찬 이 매혹의 도시가 가진 순수한 아름다움이 시적으로 묘사된다.

12 바레스의 스파르타 모리스 바레스 지음, 정광흠 옮김

어린 시절 겪은 보불전쟁에서의 패배를 트라우마처럼 간직한 바레스에게 역사와 신화의 땅이자 용맹과 애국의 아이콘인 고대 스파르타와의 만남은 필연적이었다. 폐허의 땅에서 펼쳐지는 환상과 역사의 결합, 그리고 그 속에서 벼려져 가는 자의식의 생생한 여정!

지은이 테오필 고티에(Théophile Gautier)

1811년 프랑스 남서부의 타르브에서 태어나 파리에서 성장하였다. 십대 후반부터 그림을 공부하다가 당대의 낭만주의 문인들과 교유하면서 글을 쓰기 시작하였고, 1832년경부터는 낭만주의의 사회참여적인 경향에 반발하여 예술지상주의를 주창하였다. 아름다움의 무용성을 주장하는 고티에의 그런 입장이 가장 분명하게 드러나 있는 시집이 1852년에 발간된 『칠보와 카메오』이다. '예술을 위한 예술'이라는 표현으로 요약될 수 있는 그의 문학적 태도는 르콩트 드 릴을 비롯한 19세기 중반의 파르나스파 시인들은 물론이고, 근대시의 시조로 불리는 보들레르에게도 적지 않은 영향을 끼쳤다. 주요 작품으로 시집 『시』(1830), 『칠보와 카메오』(1852), 소설 『모팽 양』(1835) 등이 있다.

옮긴이 심재중

서울대학교 불어불문학과를 졸업하고 같은 대학 대학원에서 문학박사 학위를 받았다. 옮긴 책으로 미르치아 엘리아데의 『영원회귀의 신화』, 장 벨맹-노엘의 『문학 텍스트의 정신분석』(공역), 알프레드 그로세르의 『현대인의 정체성』, 엘렌 달메다 토포르의 『아프리카: 열일곱 개의 편견』(공역) 등이 있다. 현재 서울대학교, 서울여자대학교 등에서 강의하고 있다.